BASTEI
LÜBBE

Von Jule Brand erschienen bei BASTEI-LÜBBE:

12531 Ein Single kommt selten allein
12563 Liebe im Nachfüllpack
12615 So angelt man sich einen Typ

# Jule Brand

# Drei Männer sind einer zuviel

BASTEI LÜBBE

BASTEI-LÜBBE-TASCHENBUCH
Band 12639

Originalausgabe

Printed in Germany April 1997
Einbandgestaltung: Gisela Kullowatz
Titelfoto: Andreas Jung
Satz, Druck und Bindung: Ebner Ulm
ISBN 3-404-12639-4

Der Preis dieses Bandes versteht sich einschließlich
der gesetzlichen Mehrwertsteuer

Für Barbara und einen wohlverdienten
Nachmittag im Liegestuhl

## Personenverzeichnis

*Franziska:* Sportstudentin mit Rückenproblemen, wartet 190 Seiten lang auf diesen Satz: »Ich werde dich vermissen!«

*Caroline:* ihre rotgelockte Freundin und Wohnungsgenossin, die endlich ihre Unschuld verlieren möchte. Größter Hinderungsgrund: ihre roten Flecken – und

*Matilda:* die dritte im Bunde und in der Wohnung, ausgestattet mit sehr langen Beinen, einem ziemlich dreisten Charakter und diversen Voodoo-Zaubertricks.

*Cornelius:* Franziskas Freund, der leider für ein paar Monate nach England geht – und das, ohne Franziska vorher zu fragen.

*Fabian:* Matildas Liebhaber Nummer eins mit einem heimlichen Faible für rote Locken.

*Marc:* ein Traum von einem Mann. Caroline verliebt sich schon in seine Stimme und hat ihn sich für ihr erstes Mal auserkoren.

*Karsten:* Matildas Liebhaber Nummer zwei. Außer ihr halten ihn alle für einen Aal.

*Ollie:* wohnt in der Wohnung über den drei Mädchen und ist leider schwul.

*Benedikt:* sein Freund, leider s. o.

| | |
|---|---|
| *Florian:* | der erste von Carolines Blind Dates. Leider unterschreitet er die Mindestgröße und die zulässige IQ-Grenze. |
| *Wolfgang:* | gehört ebenfalls zur Kategorie »Männer und andere Katastrophen«. |
| *Daniel:* | kann immerhin nicken, den Kopf schütteln und mit den Schultern zucken. |
| *Peggy:* | sagt, Carolines Chancen, über eine Annonce den Richtigen kennenzulernen, seien in etwa so groß wie die Chance, daß ein als Cowboy verkleidetes Zebra eine Bank überfällt. |

# 1.

»Spirit, bist du da?« Matildas Stimme klang hohl und tief.

Unwillkürlich lief Caroline ein Schauder über den Rükken. »Wer ist Spirit?« fragte sie mit betont nüchterner Stimme.

»Psssssst!« zischte Matilda. Sie schloß die Augen, lehnte sich nach hinten und wiederholte mit hohler Stimme ihre Frage nach der Anwesenheit von Spirit. »Bist du da? Spirit, gib uns ein Zeichen!«

Franziska stupste mit ihren Fingern gegen das Glas, das mit der Öffnung nach unten auf der Tischplatte stand, in einem Kreis aus Scrabble-Buchstabenklötzchen.

Matilda spürte die Erschütterung und öffnete die Augen.

»Das war nicht ich, das war Spirit, dieser Schlingel«, sagte Franziska und kicherte.

Matilda glaubte ihr nicht. »Was soll das?« fragte sie böse. »Ihr sollt euch konzentrieren, die Fingerspitzen ganz locker an den Glasrand gelegt. Sonst kommt der Spirit nicht zu uns.«

»Wer ist denn dieser Spirit?« fragte Caroline wieder, und Franziska kicherte heftiger.

»Du Dumme, Spirit heißt Geist auf englisch«, rief Matilda. »Das sagt man so. Und jetzt halt die Klappe und konzentriere dich.«

»Spirit heißt Geist auf englisch?« wiederholte Caroline.

»Aber warum spricht man englisch mit dem Geist? Warum darf ich ihn nicht einfach Geist nennen?«

Matilda sah sie wütend an. »Warum! Warum! Das ist eben einfach so! Ich bin hier der Séancenfachmann, dein Führer in die Welt der Geister. Du mußt mir schon vertrauen!«

»Genau«, sagte Franziska. »Matilda hat schließlich drei esoterische Bücher gelesen. Seitdem ist sie eine Koryphäe auf diesem Gebiet. Und wenn sie sagt, man muß englisch mit den Geistern sprechen, dann wird es schon stimmen.«

»Spötter! Zweifler!« klagte Matilda. »Warum macht ihr überhaupt mit, wenn ihr doch nicht daran glaubt?«

»Weil du gesagt hast, du kochst drei Tage hintereinander italienisch, wenn wir es tun«, antwortete Franziska prompt.

»Außerdem tatest du mir leid. Du hast dir so viel Mühe gegeben.« Caroline wies mit weit ausholender Geste ringsum. Matildas Zimmer, sonst eine gemütliche Höhle mit sonnengelben Wänden, freundlich gemusterten Stoffen und einer sehr irdischen Unordnung, war einer bemerkenswerten Veränderung unterzogen worden. Um Platz zu schaffen für den runden Tisch, den Matilda auf dem Sperrmüll gefunden hatte, waren alle beweglichen Möbelstücke und ganze Klamottenberge auf die Seite geräumt worden. Einen Teil davon hatte Matilda einfach unter einer großen Decke verborgen, anderes mußte auf dem Flur zwischengelagert werden, aber eine Menge Kram mußte sich auf unerklärliche Weise in Luft aufgelöst haben.

Der Sperrmülltisch, der jetzt in der Mitte des Zimmers stand, war keineswegs ein Glücksfund, fanden Franziska und Caroline einhellig, denn er war schwarz und klobig, mit einer spiegelblanken Oberfläche und einem kaputten Standbein. Aber Matilda sah das anders.

»Ein Wunder«, flüsterte sie, als sie den Tisch zwischen einer alten Matratze und einem vergammelten Sofa in einer Hofeinfahrt entdeckte. »Von genau so einem Tisch habe ich geträumt.« Und obwohl das Ungetüm mindestens eine Tonne schwer war und es in Strömen regnete, rollte, schob und zerrte sie ihr Fundstück nach Hause. Franziska und Caroline wollten nichts davon wissen, als Matilda ihnen vorschlug, es fortan als Küchentisch zu benutzen.

»Bring ihn zurück«, verlangte Caroline. »Wenn wir das schäbige Resopalteil hier jemals ersetzen, dann durch einen antiken Weichholztisch und nicht durch eine Geschmacksverirrung aus den späten Siebzigern.«

»Aber sieh doch nur diese blanke Oberfläche«, sagte Matilda und fuhr zärtlich mit der Hand über die Tischplatte. »Seidenglatt! Das ist ein Tisch für eine Wahrsagerin. Ein Tisch, auf dem man Karten legt, Zaubertränke zubereitet und Gläser rückt. Jede Spiritistin braucht einen solchen Tisch, das stand in dem Buch, was ich gerade gelesen habe.«

»In dem Buch stand auch, daß man sich seine Haare mit vergorenem Urin waschen soll«, wandte Franziska ein.

Matilda schüttelte den Kopf. »Nein, das stand in einem anderen Buch. Dies hier heißt: *Die moderne Hexe und ihre urbanen Kulte.* Und der Tisch ist wie für meine urbanen Kulte gemacht.«

Caroline schüttelte besorgt den Kopf, aber Franziska zuckte bloß mit den Schultern.

»Stell ihn in dein Zimmer, wenn du ihn unbedingt besitzen willst«, sagte sie zu Matilda. »Aber denk bloß nicht, daß wir dir helfen, ihn wieder rauszuschaffen, wenn du ihn loswerden willst.«

»Loswerden? Dieses Prunkstück?« Matilda schob den Tisch mit den Beinen zur Seite durch ihre Zimmertür. »Wie könnt ihr nur so etwas denken!«

»Jetzt spinnt sie total! Sie glaubt tatsächlich, eine Hexe zu sein«, meinte Caroline, aber Franziska schüttelte den Kopf. »Das ist nur eine vorübergehende Phase. Versuch es zu ignorieren.«

»Wie denn?« seufzte Caroline. »Sie hängt Knoblauch in meinem Zimmer auf und legt heimlich komische kleine Glaspyramiden unter mein Bett. Außerdem bin ich fast sicher, daß sie unser Müsli durch eine geheime Zauberzutat erweitert hat!«

Franziska grinste. Immer wenn Matilda sich einer neuen Sache widmete, tat sie es mit einer Hingabe, die einen erschrecken konnte. Franziska kannte ihre wirrköpfige Cousine allerdings zu lange, um zu erschrecken. Wie war das damals, als Matilda ihre Liebe zu Grünpflanzen entdeckte und genauso abrupt wieder verlor? Und dann die nervenaufreibenden Wochen, in denen Matilda davon überzeugt war, ein picassomäßiges Talent für die Malerei zu besitzen! Erst nach etlichen Metern vollgekleckster Leinwand kündigte sie ihr Abonnement für die »Palette« und entschied, sich lieber ihrer Sammelleidenschaft für nostalgische Papierpuppen hinzugeben. Es war immer das gleiche mit Matilda. Unterwasserballett, alte Burgen, Arztromane, selbstgemachte Pralinen, tibetanische Hirtenhunde – eine Begeisterungswelle löste die andere ab und hinterließ nichts als Erinnerungen in

Form von Minizimmerlinden und Birkenfeigenablegern, Schuhkartons voller Papierpuppen und Romanheftchen und kleine Hundebabys, die zu riesengroßen Bettvorlegern heranwuchsen. Matilda verstand es allerdings, diese Erinnerungsstücke vor allem hilfsbereiten, weichherzigen Freunden und Verwandten aufs Auge zu drücken. Da ihr Interesse in der Regel genauso plötzlich wieder erlahmte, wie es begonnen hatte, konnte es geschehen, daß sie bei eben diesen hilfsbereiten und weichherzigen Verwandten und Freunden die Nase rümpfte, weil es nach Hund roch und die Wohnung für ihren Geschmack zu viele Grünpflanzen und nostalgische Papierpuppen aufzuweisen hatte.

Das einzig Ausdauernde in Matildas Leben war ihre Liebe zur Musik und ihr Interesse an Männern. Aus diesem Grunde maß Franziska der neuentdeckten Leidenschaft fürs Übersinnliche nicht besonders viel Bedeutung bei. Man mußte nur Geduld mit ihr haben und das Spiel eine Zeitlang mitspielen. Dann erlahmte ihr Eifer automatisch, und sie würde sich zu langweilen beginnen.

Caroline zweifelte daran. »Gestern hat sie in einem kleinen Mörser stinkende Kräuter zerstoßen und dabei merkwürdige Silben vor sich hin gemurmelt. Als ich gefragt habe, was sie da spräche, sagte sie, das sei Babylonisch, die Sprache der ältesten und berühmtesten Zauberer der Antike. Verstehst du? Sie lernt für diesen Hokuspokus auch noch Fremdsprachen! Wenn du mich fragst, ist dieses Gebiet zu weitläufig, um Matilda jemals zu ermüden! Und das schlimmste ist, daß sie mir richtig unheimlich wird. Ich könnte schwören, daß ihre Augen demnächst im Dunkeln glühen.«

Immerhin hatte Franziska Caroline davon überzeugen

können, bei Matildas erster spiritistischer Sitzung mitzumachen.

»Gläserrücken ist lustig«, meinte sie. »Jedenfalls, solange man nicht daran glaubt.«

»Vielleicht glaube ich ja daran«, seufzte Caroline. »Ich habe jedenfalls kein gutes Gefühl dabei. Was ist, wenn die Geister unangenehme Dinge verraten, solche, die ich gar nicht wissen will?«

Franziska lachte. »Ich werde schon dafür sorgen, daß die Geister dir lauter nette Dinge sagen«, meinte sie mit vielsagendem Blick auf ihre Fingerspitzen.

»Also gut«, willigte Caroline ein. »Ich mache mit. Dann frage ich die Geister, wann ich mich endlich mal wieder verliebe.«

Aber erst einmal mußte sich ein Geist – Pardon, Spirit – bequemen, zu ihrer Sitzung zu erscheinen. Bis jetzt hatte sich auf Matildas intensive Fragen – »Bist du da, Spirit? Bitte gib uns ein Zeichen!« – nichts gerührt. Matilda schob das auf die mangelnde Konzentration der Runde. Sie musterte ihre Mitbewohnerinnen mit einem Blick, der aufgrund der dicken Kajalumrandung besonders streng wirkte. Franziska und Caroline senkten brav den Kopf, hielten ihre Fingerspitzen locker an den Glasrand gelegt und bemühten sich, nicht zu kichern. Eine Weile war es mucksmäuschenstill im Raum.

Wieder ging ein Ruck durch das Glas.

»Bist du da, Spirit?« fragte Matilda begeistert.

Das Glas bewegte sich. Beinahe lautlos glitt es über den Tisch. Caroline lief erneut ein Schauder über den Rücken. Franziska blickte scharf auf Matildas Fingerspitzen. Sicher hatte die kleine Hexe die Geduld verloren und schob das Glas an.

»Bist du da?« fragte sie wieder.

Das Glas fuhr zum J-Klötzchen und wanderte dann langsam hinüber zum A.

»J – A«, sagte Matilda triumphierend. »Ja! Wir haben Kontakt. Spirit, wer bist du? Verrätst du uns deinen Geisternamen?«

Das Glas zog einen weiten Kreis. Dann fuhr es in erstaunlicher Geschwindigkeit von einem Buchstaben zum nächsten und bildete das Wort HEINZ.

»Heinz?« wiederholte Caroline verblüfft, und Franziska kicherte. »Das ist ein wirklich unheimlicher Geistername.«

Aber Matilda ließ sich nicht beirren. »Dein Name ist also Heinz? Heinz, möchtest du uns ein paar Fragen beantworten?«

»Ja«, schrieb das Glas.

»Danke«, erwiderte Matilda artig. »Willst du uns verraten, wann und wie du gestorben bist?«

»Das ist eine sehr intime Frage«, sagte Caroline hastig. »Sicher will er uns das nicht verraten. Und ich will es auch gar nicht wissen. Kannst du nicht eine andere Frage stellen? Eine, die nichts mit Tod und Verwesung zu tun hat?«

»Nur so zur Einstimmung? Also gut.« Matilda rollte die Augen. »Heinz? Kennst du meine Großmutter? Kannst du uns ihren Namen nennen?«

Sofort bewegte sich das Glas auf das L zu. L-E-O-N-O-R-A buchstabierte es, und Matilda quiekte begeistert. »Richtig«, rief sie. »Das ist richtig.«

Das Glas wanderte unaufgefordert weiter.

»E-S-G-E-H-T-I-H-R-G-U-T«, las Caroline. »Es geht ihr gut«, sagt Heinz.

»Toll«, erklärte Franziska spöttisch. »Na, Heinz, kennst

du denn auch den verstorbenen Großonkel meiner Mutter, den Onkel Max?«

»Maximilian«, schrieb Heinz. »Ihm geht es auch gut.«

»Wie schön«, sagte Caroline gerührt.

»Heinz kennt wirklich jeden dort im Jenseits.« Franziska war zufrieden. Ihre Mutter hatte überhaupt keinen Großonkel namens Max. Ihre Hand erlahmte allmählich. Sie wechselte sich mit der anderen Hand ab. »Können wir jetzt mal was anderes fragen?«

»Ja, etwas über uns«, sagte Caroline mit roten Wangen.

Das Glas machte einen unkontrollierten Satz nach vorne und rutschte dann unschlüssig auf der Tischplatte hin und her.

»Was ist denn jetzt los?« fragte Matilda verwundert.

»Vielleicht hat Heinz einen Schluckauf«, meinte Franziska schadenfroh.

Das Glas schob sich zu einem Buchstabenklötzchen. Es war das I. Dann fuhr es in blitzschneller Abfolge von einem Buchstaben zum nächsten.

»I-C-H B-I-N N-I-C-H-T H-E-I-N-Z«, buchstabierte Matilda atemlos.

»Nanu.« Caroline lief erneut ein Schauder über den Rücken. Das Licht in der Glühbirne an der Decke flakkerte leicht. »Hören wir lieber auf.«

Das Glas hastete unbeirrt von Buchstabe zu Buchstabe.

»Mein Name ist Amadeus«, schrieb es und fuhr dann wie triumphierend dreimal im Kreis. Das Ganze war so schnell geschehen, daß die Mädchen Mühe hatten, zu folgen, geschweige denn zu jedem Zeitpunkt die Finger am Glasrand zu behalten.

Alle Achtung! dachte Franziska. Matilda ist wirklich eine wunderbare Glasrückerin.

»Willkommen, Amadeus«, sagte die wunderbare Glasrückerin prompt. »Wir freuen uns, dich kennenzulernen.«

Ich nicht, dachte Caroline. Heinz war ihr sympathischer gewesen.

Das Glas zog einen weiteren Kreis. Dann stupste es hintereinander fünf Buchstaben an.

»F-R-A-G-T«, wiederholte Matilda. »Wer von euch möchte anfangen?«

Caroline schüttelte den Kopf, und Franziska wechselte erneut die Hand am Glas.

»Also gut, dann fange ich an«, erbot sich Matilda. »Du weißt, ich treffe mich derzeit mit zwei Männern, Amadeus, mit Fabian und mit Karsten. Sie wissen nichts voneinander, weil ich keinen unnötig vor den Kopf stoßen will, bis ich mich entschieden habe. Ich weiß aber nicht, für wen ich mich entscheiden soll. Kannst du es mir sagen?«

»Das hättest du auch mich fragen können«, murmelte Franziska. »Dieser Karsten hat einen IQ wie Brot.« Sie drängte das Glas mit ihren Fingerspitzen sanft zum F wie Fabian. Aber das Glas wollte nicht. Mit aller Kraft – Franziska vermutete, daß es sich hier um Matildas Kraft handelte – schob es zum B. Franziska gab nach. Es wäre vielleicht interessant, zu erfahren, wie Matilda die Sache sah.

»B-Ö-S-E-S S-P-I-E-L«, schrieb das Glas. »Spaß. Entscheidung heißt Langeweile.«

»Der kennt dich aber gut«, staunte Caroline.

»Ich will mich aber wirklich entscheiden«, beteuerte Matilda. »Bitte, Amadeus, sag mir, welcher von beiden besser für mich ist.«

»Zeit«, antwortete der Geist. »Karsten scheidet aus.«
»Das finde ich gut«, sagte Franziska zufrieden.
»Zeit? Was bedeutet denn Zeit?«
Das Glas fuhr zielstrebig zu den Zahlenklötzchen und stupste die 3 an.
»Drei?« Matilda runzelte die Stirn. »Drei Tage? Monate? Jahre?«
»M-Ä-N-N-E-R«, schrieb das Glas.
»Drei Männer«, wiederholte Franziska. »Drei Männer, und Karsten scheidet aus. Nach einer bestimmten Zeit. Das ist doch eine klare Aussage.«
»Aber wer ist der dritte Mann?«
»G-E-F-A-H-R«, das Glas war wieder unterwegs. »D-E-N-K A-N L-O-C-K-E-N-K-O-P-F.«
»Gefahr, denk an Lockenkopf«, wiederholte Franziska nachdenklich. Matilda hatte wirklich ein ausgesprochen wirres Unterbewußtsein. Oder war es am Ende Caroline, die schob? Franziska jedenfalls hatte das Glas kein bißchen manipuliert.
»Das verstehe ich nicht«, murmelte Matilda enttäuscht. »Vielleicht fragt mal einer von euch etwas?«
»Ich«, sagte Caroline eifrig. »Ich möchte gerne wissen, ob ich auch einem Mann begegne in der nächsten Zeit, Amadeus.«
Das Glas zuckte nur. Franziska, Matilda und Caroline warteten eine halbe Minute. Dann begann Caroline wieder zu sprechen. »Bitte, du mußt mir antworten, Amadeus. Ich bin jetzt schon wieder vier Monate ohne Freund. Und das schlimmste ist, daß ich, wie du sicher weißt, immer noch – äh – Jungfrau bin. Und das mit einundzwanzig Jahren. Ich möchte nur wissen, ob ich irgendwann meinem Traumprinzen begegnen werde.«

Das Glas rührte sich immer noch nicht. Franziska wurde böse auf Matilda. Eben noch hatte sie wie blöde geschoben, und jetzt, wo es um Carolines Seelenheil ging, rührte sie keinen Finger mehr. Franziska hatte Mitleid mit Caroline. Sie drückte leicht gegen den Glasrand, und prompt setzte es sich in Bewegung. Franziska schob es bis zum I.

»I«, rief Caroline freudig erregt.

Um den nächsten Buchstaben zu schreiben, mußte Franziska das Glas zu sich heranziehen, was gar nicht so einfach war, ohne die Finger zu bewegen. Matilda mußte wochenlang geübt haben, um diese Fingerfertigkeit zu entwickeln. Sehr langsam hatte das Glas schließlich das Wort »Initiative«, geschrieben. Den Rest, dachte Franziska leicht erschöpft, sollte sich Caroline gefälligst selber zusammenreimen.

»Initiative«, wiederholte Caroline aufgeregt. »Soll das heißen, daß ich die Initiative ergreifen soll, um einen Mann kennenzulernen?«

»Ja«, sagte Franziska bestimmt und warf Matilda einen lauernden Blick zu. Daß sie sich so einfach das Zepter aus der Hand nehmen ließ, hätte sie nicht gedacht.

»Und woran werde ich erkennen, daß es der Richtige ist?« wollte Caroline von Amadeus wissen. »Bei dem sich eine Initiative lohnt?«

Das Glas zog eine unruhige Runde. »Aha«, dachte Franziska, »Matilda ist es zu langweilig geworden.«

»S-T-I-M-M-E«, schrieb das Glas.

Caroline raufte sich mit ihrer freien Hand die roten Locken. »Immer diese Rätsel«, jammerte sie. »Kannst du nicht mal konkret werden? Wann und wie werde ich ihn kennenlernen, den Traummann?«

Das Glas fuhr in immer schneller werdenden Kreisen über den Tisch, so, als wollte es Schwung holen.

Franziska verspürte deutlich einen kalten Lufthauch in ihrem Rücken. »Es zieht«, sagte sie und konnte nicht verhindern, daß sie eine Gänsehaut bekam.

»Huh, ist das gruselig«, flüsterte Caroline, und Matilda bekam vor Eifer glänzende Augen. Das Glas hatte jetzt wieder das alte Spitzentempo erreicht. Franziska fiel es schwer, die Finger auf dem Glasrand zu halten. Das Glas hatte eine beinahe unheimliche Geschwindigkeit. Da, jetzt hatten auch Matildas Finger den Kontakt für eine Sekunde verloren, Franziska hatte es genau gesehen. Dennoch raste das Glas weiter.

»Physik«, dachte sie erschrocken. »Das Glas hatte eben so viel Schwung von vorher«, aber die Sache war ihr dennoch nicht geheuer. Zu allem Überfluß begann die Glühbirne über ihnen zu knirschen, das Licht flackerte, und jetzt wurden Caroline und Franziska nur noch von ihrer Neugier gehindert, aus dem Zimmer zu laufen.

Da endlich begann das Glas zu schreiben. Atemlos entzifferten sie eine lange Botschaft: »Initiative war richtig, Zweiflerin, dein Mann kommt über die Zeitung, Lockenkopf, Freundschaft in Gefahr, habt acht und tauscht, was besser paßt.«

Das Glas schob sich langsam in die Mitte des Kreises und stand still. Franziska nahm die Finger vom Rand und rieb sich den Arm.

»Ich kann nicht mehr«, sagte sie.

Matilda rätselte über die Bedeutung der Botschaft nach. »Habt ihr das verstanden? Ich nicht.«

»Wenn nicht du, wer dann?« fragte Franziska, obwohl sie nach diesem Erlebnis leise Zweifel hatte, ob Matilda das alles tatsächlich ganz ohne Hilfe aus dem Jenseits bewerkstelligt hatte.

*»Initiative war richtig, Zweiflerin«,* wiederholte sie. »Das heißt, daß Caro zukünftig bei der Suche nach dem richtigen Mann die Initiative ergreifen soll; selber tätig werden, heißt die Devise.«

»Und was heißt *Zweiflerin*?« wollte Caroline wissen.

Franziska hatte eine Theorie dazu, aber die wollte sie nicht näher erläutern.

»Dein Mann kommt in der Zeitung, *Lockenkopf*«, sagte Matilda. »Der Lockenkopf bist du, Caroline, und dein Mann ist vielleicht berühmt, ein Schauspieler oder so.«

»Nein«, rief Franziska. »Es hieß *über* die Zeitung, nicht in der Zeitung. Es bedeutet, Caroline muß eine Kontaktanzeige aufgeben!«

»Das mache ich niemals«, erklärte Caroline sofort.

»Das stimmt«, sagte Matilda. »Über die Zeitung bedeutet, eine Anzeige aufgeben. Wir helfen dir dabei, es wird furchtbar lustig. So was wollte ich schon immer mal getan haben.«

»Aber das ist unheimlich, findet ihr nicht: *Freundschaft in Gefahr*«, murmelte Caroline. »Gefahr. Ich sollte es besser nicht tun. Als Amadeus das geschrieben hat, wurde es ganz kalt im Raum.«

»Und *tauscht, was besser paßt,* das soll heißen, daß du mir deine rote Brokatweste leihen sollst«, schlug Franziska vor. »Das ist doch ganz einfach.«

»Toll«, rief Caroline.

»Jetzt haben wir Amadeus noch gar nicht gefragt, ob Cornelius der Richtige für Franziska ist«, meinte Matilda und griff erneut nach dem Glas.

Franziska hob abwehrend die Hände. »O nein«, rief sie. »Ich habe genug von diesem Hokuspokus. Und Spirit hat uns für heute genug verraten.«

»Möchtest du nicht wissen, ob Cornelius der Richtige ist?« erkundigte sich Caroline.

»Nö«, erwiderte Franziska. »Am Ende sagt das Glas, wir bekommen im nächsten Jahr Vierlinge oder sonst was Gräßliches.«

»Also gut«, meinte Matilda. »Dann erkläre ich die Sitzung hiermit für beendet.« Mit einer völlig undramatischen Geste fegte sie die Buchstabenklötzchen auf dem Tisch zusammen. »War das nicht eine großartige Erfahrung? Wir hatten Kontakt mit echten Geistern. Das muß man sich mal vorstellen.«

»Ja.« Caroline erhob sich. »Es war so unheimlich, daß ich mich jetzt nicht traue, allein aufs Klo zu gehen. Kommt einer mit?«

»Das lassen wir gar nicht erst einreißen«, meinte Franziska. »Du gehst schön allein.«

Als Caroline das Zimmer verlassen hatte, drehte Franziska sich zu ihrer Cousine um und lächelte. »Das hast du gut gemacht«, sagte sie.

»Ja, nicht wahr?« Matilda lächelte auch. »Dafür, daß es meine erste Séance war. Ich hatte die Luft vorher mit Weihrauch gereinigt, eine weiße Kerze abgebrannt und auf dem Fußboden allerhand Kräuter ausgestreut. Deshalb haben sich uns nur gute Geister genähert.«

»Ja, dieser Heinz war wirklich hundekuchengut«, kicherte Franziska. »Und was der alles wußte!«

»Amadeus wußte mehr«, gab Matilda zu bedenken. »Er hat einfach bessere Auskünfte gegeben, jedenfalls was die Zukunft betrifft. Er war sicher schon ein paar Geisterstufen höher. Ich bin überzeugt, wenn Caroline eine Annonce aufgibt, lernt sie auch den Mann ihres Lebens kennen.«

»Ach, Tilda, jetzt hör bloß auf! Bei mir mußt du den Quatsch nicht spielen«, sagte Franziska lachend. »Ich finde die Idee mit der Annonce wunderbar. Aber wir beide wissen, daß es deine Idee ist.«

Matilda starrte sie – im wahrsten Sinne des Wortes – entgeistert an. »Wie bitte? Aber du hast es doch selber miterlebt! Wie kannst du daran zweifeln?«

Franziska wandte sich zur Tür. »Ganz einfach«, sagte sie, senkte die Stimme und fügte mit italienischem Akzent hinzu: »Isch 'abe über'aupt keinen Onkel Max.«

Ihr albernes Gelächter schallte über den Flur.

Matilda schüttelte den Kopf. »Das verstehe ich nicht«, sagte sie zu sich selbst. »Ich habe jedenfalls nicht geschoben.«

# 2.

Matilda, Caroline, Franziska und Carolines verwöhnter Schildkröterich Sigmund wohnten nun schon im dritten Semester zusammen in einer Wohnung.

»Das ist ein Wunder«, sagte Franziskas Freund Cornelius manchmal. »Ich hätte nicht gedacht, daß die Bude das so lange durchhält. Wenn man es genau nimmt, wird sie doch nur von Spachtelmasse und Farbe zusammengehalten.«

Für Cornelius war die Vorstellung, in einem Haus zu leben, dessen letzte Renovierung vor seiner Geburt stattgefunden hatte, grauenhaft. Heimlich träumte er davon, Franziska aus dieser Umgebung zu befreien und mit ihr in ein baubiologisch einwandfreies Haus zu ziehen, dessen Wände ohne Farbe auskamen.

Aber Franziska dachte nicht daran, sich befreien zu lassen. Sie liebte die bunte Wohnung, sie liebte ihre Mitbewohnerinnen, und vor allem liebte sie die Art und Weise, wie sie in ihrer Bruchbude hausten. Jeder hatte sein eigenes Zimmer, es gab neben dem Flur ein gemeinsames Badezimmer und eine gemütliche Küche, die sich wunderbar für konspirative nächtliche Treffs eignete, bei denen der Kühlschrank geplündert und Lösungen für so manches Problem ausgetüftelt wurden.

Als sie neulich nachts um halb zwei zu dritt einen Käsekuchen direkt von der Platte aßen, meinte Caroline, sie seien ein bißchen wie die Golden Girls, nur sechzig Jahre jünger.

»Franziska ist Dorothy, immer vernünftig und ein bißchen zynisch, und Matilda ist genau wie diese eingebildete Nymphomanin, die jede Nacht einen anderen hat und sich für unwiderstehlich hält.«

»Und du bist die Strohdumme mit der Piepsstimme, die immer Geschichten aus Sankt Olaf erzählt«, ergänzte Matilda. »Ich hasse diese Serien, bei denen Caro immer ihre Gymnastikübungen macht.«

Caroline hatte einen riesigen Fernseher von zu Hause mitgebracht, der nur phasenweise in Betrieb war, denn in der WG gab es meist Aufregenderes zu tun. Außerdem hatten alle drei Mädchen unterschiedliche Vorlieben und Gewohnheiten. Cornelius hatte ihnen einen fahrbaren Untersatz gebastelt, auf dem sie das schwere Gerät von einem Zimmer ins nächste schieben konnten, je nachdem wer gerade Lust darauf hatte. Matilda zum Beispiel war ganz wild auf alte Hitchcock-Filme, die spätabends in den dritten Programmen wiederholt wurden, aber allein gruselte sie sich beinahe zu Tode. Deshalb mußten entweder Franziska oder Caroline oder alle beide neben ihr sitzen, von Matilda mit fettreduzierten Chips oder Vanilleeiscreme bestochen. So kuschelten sie sich unter Matildas Plumeau in ihrem riesigen Himmelbett, knabberten Chips und wärmten sich gegenseitig die Füße.

»Mein Gott, wie gruselig«, flüsterte Matilda dann und kreischte tatsächlich jedesmal vor Entsetzen auf, wenn der Mörder um Mitternacht kam.

Caroline konnte sie nicht verstehen. »Du siehst diese Szene jetzt schon zum hundertsten Mal, Matilda. Wieso gruselst du dich immer noch?«

»Ich verstehe nicht, wie man sich nicht gruseln kann«, flüsterte Matilda dann und kaute an ihren Fingerknöcheln.

Caroline liebte High-School-Serien aus den USA, aber dieser Leidenschaft frönte sie lieber im verborgenen. Mit einundzwanzig ist man zu alt, um das öffentlich zuzugeben. Außerdem pflegte sie, bei *Beverley Hills 90210* ihre Bauchmuskelübungen zu machen, damit wenigstens etwas Gutes dabei herumkam.

Franziska konnte man nur vor den Fernseher locken, wenn so herrliche Schmachtfetzen kamen wie *Pretty Woman* oder *Harry und Sally*. Ansonsten hielt sie Fernsehen für ein ungesundes Vergnügen.

»Weil ich immer sofort Hunger auf Eis oder Chips verspüre, wenn die Kiste an ist«, sagte sie. »Darauf bin ich in früher Kindheit klassisch konditioniert worden. Ich treffe mich lieber nachts mit euch in der Küche und löse eure vielfältigen Probleme.«

»In letzter Zeit hattest du weit mehr Probleme als wir«, sagte Matilda empört. »Wenn ich nur an deine Scheinschwangerschaft denke oder an deinen Beziehungsfrust mit Cornelius. Nur weil du jetzt mal fünf Wochen lang keine lauten Zweifel geäußert hast, bist du noch lange nicht der Problemlöser vom Dienst.«

»Da hat sie recht«, pflichtete ihr Caroline bei. »Du und Cornelius, ihr habt im letzten Jahr für mehr Aufregung gesorgt als Matilda mit ihren hundert Männern. Obwohl ihr ja eigentlich füreinander geschaffen seid.«

»Kann schon sein«, seufzte Franziska. »Seit unserer großen Versöhnung gibt es jedenfalls keinen Grund mehr, zu meckern. Irgendwie klammert er nicht mehr so. Und er sagt mir nicht ständig, wo er hingeht und wie er seinen Tag verbracht hat. So ist es viel spannender.«

»Du hast es gut«, sagte Caroline. »Ich wünschte, ich hätte auch so einen Cornelius. Einen, der für mich geschaffen ist.«

Matilda lachte boshaft. »Wenn du auf den wartest, bleibst du ewig Jungfrau. Solche wie du drücken das Durchschnittsalter fürs erste Mal gleich um mehrere Jahre nach oben.«

Wenn Matilda so etwas sagte, rannte Caroline meistens ins Badezimmer. Dort kontrollierte sie, ob sie so alt aussah, wie sie sich fühlte, ob der Zahn der Zeit schon sichtbar an ihr genagt hatte. Manchmal bildete sie sich ein, eine Art Krähenfuß am Auge entdeckt zu haben, und dann konnte es vorkommen, daß sie ein paar Tränen ins Waschbecken vergoß. Einundzwanzig und noch Jungfrau! Wenn das kein wirklich heftiges Problem war!

Am Morgen nach der denkwürdigen Séance mit Amadeus war das Thema wieder Dreh- und Angelpunkt in Carolines Frühstückszeremonie.

Während sie Zwieback in Milch zerbröselte (»Widerlich«, sagte Matilda, die das Frühstück meistens ausfallen ließ), seufzte sie schwer. »Wenn ich doch ein bißchen wie Matilda wäre, Franziska. Dann hätte ich wenigstens drei Männer zur Auswahl, die nichts lieber täten, als mit mir ins Bett zu gehen.«

»Drei?« schnaubte Matilda. »Daß ich nicht lache.«

»Ich meine, drei könntest du sofort und aus dem Stegreif mobilisieren«, sagte Caroline. »Aber ich, ich kenne nicht mal einen, der in Frage käme. Denn egal, was ihr sagt, ich finde, man sollte wenigstens verliebt sein, wenn man *ES* tut.«

»Das ist das mindeste«, stimmte Matilda zu. »Jedenfalls beim ersten Mal.«

»Eben deshalb sollst du ja auch diese Anzeige aufgeben«, erinnerte sie Franziska.

»Ich weiß nicht.« Caroline schüttelte den Kopf. »Angenommen, ich lerne dabei wirklich einen tollen Typ kennen, was ich, unter uns gesagt, für beinahe ausgeschlossen halte, denn tolle Typen lesen keine Kontaktanzeigen – äh, also, wenn ich trotzdem einen kennenlernen würde, dann könnte ich mich gar nicht in ihn verlieben, weil – Gefühle kann man eben nicht auf Knopfdruck erzeugen.«

»So wichtig ist das mit dem Verliebtsein auch schon wieder nicht«, sagte Matilda, aber Franziska stieß sie in die Rippen.

»Warte es erst mal ab«, sagte sie. »Wenn es der Richtige ist, kommt alles andere von allein.«

»Aber wenn der Richtige keine Zeitung liest?« wandte Caroline ein.

»Dann hast du einfach ein bißchen Geld in den Wind geschoben«, sagte Matilda ungeduldig. »Aber das wird ein toller Spaß, du wirst sehen.«

»Für euch vielleicht«, maulte Caroline, weit davon entfernt, begeistert zu sein. »Ihr könnt euch dann auf meine Kosten amüsieren.«

Franziska lachte. »Also, ehrlich gesagt, da ist ein bißchen was Wahres dran. Ich wollte immer schon mal sehen, wer sich auf eine Kontaktanzeige hin meldet. Ich meine, was für Typen sind das? Wie sehen die aus, warum machen die so was und so weiter? Ich finde das ungeheuer spannend.«

»Ich auch«, sagte Matilda.

Caroline seufzte. »Ich auch.«

»Na also«, rief Franziska. »Dann betrachte es einfach als ein Studienprojekt. Wenn du schon keinen Traummann triffst, dann hattest du wenigstens eine Menge Spaß.«

»Und wir auch«, ergänzte Matilda. »Heute nachmittag werden wir einen richtig guten Text entwerfen. Du solltest schon mal ein paar einschlägige Magazine besorgen.«

»Wie meinst du das?«

»Na ja, wir brauchen ein paar Formulierungsanregungen. Du kaufst Zeitschriften, in denen Kontaktanzeigen sind, ganz einfach.«

»Ich dachte, ich annonciere einfach im Stadtanzeiger«, sagte Caroline.

»Bist du dämlich?« Franziska stand auf, nahm ihren Rucksack und warf sich die Rollerblades über die Schultern. »Dann bekommst du nur Antworten von naturverbundenen Mittvierzigern, die sich nach zärtlichen Stunden mit einer Frau, attraktiv in Jeans und Abendkleid, zum Wandern und Pilzesuchen, sehnen. Such dir Zeitschriften mit einem etwas jüngeren Zielpublikum.«

Caroline kaufte am Kiosk verschiedene Szenemagazine, die Stadtillustrierte und so weiter. Als sie schwerbepackt nach Hause kam, hatte Franziska Kakao gekocht und einen Teller voller Schokoladenkekse bereitgestellt. Matilda zündete ein paar Teelichter an und verteilte sie malerisch auf der Fensterbank.

Caroline zählte die Tassen auf dem Tisch und kam zu einem entsetzlichen Schluß. »Mit wem habt ihr unser Geheimnis geteilt, ihr Klatschbasen?«

»Ollie und Benedikt kommen«, erklärte Franziska. »Sie können uns helfen. Ollie hat vorige Woche ein Marketingseminar besucht.«

»Toll. Ich werde vor Scham im Boden versinken. Könnt ihr denn nichts für euch behalten?«

»Jetzt stell dich nicht so an! Sie werden uns helfen, das Ganze aus der Sicht der Männer zu beurteilen.«

»Ollie und Benedikt sind schwul«, empörte sich Caroline.

»Ja, leider«, seufzte Matilda. »Sonst wäre dein Problem längst gelöst. Gleich zwei Kandidaten, nur eine Etage über uns. Das wäre aber auch zu schön, um wahr zu sein.«

»Schwul oder nicht schwul, sie sind trotzdem Männer«, erklärte Franziska. »Und haben eine männliche Denkweise. Genau das brauchen wir für diese schwierige Angelegenheit.«

Es klingelte prompt. Franziska ging zur Tür.

»Männliche Denkweise, pah!« Matilda lachte. »Wenn es um Sex geht, denken Männer überhaupt nicht.«

Caroline setzte sich mißmutig an den Tisch. »Ich finde es einfach nur peinlich. Müßt ihr denn immer aller Welt erzählen, was hier los ist.«

»Hey, das sind doch nur wir«, sagte Ollie vom Flur aus. Er war ein gutaussehender Typ, und nett war er auch. Nicht nur Matilda bedauerte von Zeit zu Zeit, daß er schwul war. Auch Franziska und Caroline fanden ihn, heimlich ausgesprochen, attraktiv. Aber er war leider schon vergeben. Sein Freund Benedikt studierte wie er Modedesign, und auch er war ausgesprochen nett.

»Aber er ist rothaarig«, sagte Matilda manchmal. »Da ist es nicht so schlimm, daß er schwul ist.«

»Ja«, stimmte Franziska ihr in der Regel zu. »Rothaarige Männer dürften ruhig alle schwul sein.«

Und Caroline fuhr sich mit der Hand durch die roten Locken und seufzte. »Vielleicht denken Männer das gleiche ja von rothaarigen Frauen, und das ist der Grund, warum ich immer noch Jungfrau bin.«

Das dachte sie auch jetzt. »Was meint ihr, soll ich in die Anzeige schreiben, daß ich rote Haare habe?« fragte sie. »Damit es keine böse Überraschung gibt, wenn sie es sehen?«

»Rote Haare sind doch toll«, widersprach Benedikt. »Ich weiß gar nicht, was du hast.«

»Männer stehen auf Rothaarige«, sagte auch Franziska. »Julia Roberts und die Frau von Tom Cruise sind auch rothaarig.«

»Die sind mittlerweile beide blond«, widersprach Matilda. »Aber das muß ja nichts heißen. Nicole Kidman hat Tom Cruise geheiratet, als sie noch rothaarig war.«

»Ich kann Tom Cruise nicht ausstehen«, sagte Caroline. »Wenn ich in die Anzeige schreibe, daß ich rothaarig bin, melden sich sicher lauter Tom-Cruise-Typen.«

»Es gibt Schlimmeres«, sagte Ollie.

Franziska schenkte Kakao in die großen Henkeltassen und schlug eines der Magazine auf, die Caroline gekauft hatte.

»Vielleicht solltest du einfach auf eine Anzeige antworten, statt eine aufzugeben. Zum Beispiel auf diese hier: ›Du bist siebzehn bis zweiundzwanzig Jahre jung, fühlst dich allein? Gut, wenn wir noch andere Gemeinsamkeiten haben, dann melde dich.‹«

»Bißchen dünn, die Information«, meinte Benedikt und griff ebenfalls nach einer Zeitschrift.

»Na dann, vielleicht dieser hier: ›Hilflos bist du ans Bett gefesselt . . . machtlos geworden . . . Phantasie und Wirklichkeit werden eins. Wenn du das suchst, was du bei mir bekommst, melde dich . . .‹«, las Franziska vor.

»Oh, ist ja ekelhaft«, empörte sich Caroline. »Und solche Typen sind es auch, die diese Anzeigen lesen, da könnt ihr euch drauf verlassen. Wahrscheinlich melden sich nur Psychopathen auf meine Annonce. Wie schrecklich! Dann überlebe ich meine erste Liebesnacht womöglich nicht.«

»Du suchst was Romantisches?« erkundigte sich Benedikt. »Hier ist was für dich: ›Suche attraktiven Schmunzelhasen für eine streßfreie Beziehung, in der es endlich mal nichts zu meckern gibt. Du solltest ein echter Schatz zum Verlieben sein, mit Humor, Herz und Verstand. Ich selber bin 28, Unternehmer, sportlich begeistert und studiert.‹«

»Was soll daran romantisch sein?« fragte Caroline. »Schmunzelhase, hahaha! Und Herz, Humor und Verstand – diese Kombination aus Platitüden macht mich nun wirklich nicht an.«

»Gut, dann gefällt dir vielleicht der. Der sucht nämlich genau deinen Typ. ›Verzweifelt suche ich, 21, eine nette rothaarige Sie, die reif genug ist für eine feste Beziehung und Clubs und Rave genauso gerne mag wie ich zärtliche Stunden zu zweit. Also schreib mir schnell, bevor ich statt Techno die Kelly Family höre.‹«

»Was hat er gegen die Kelly Family?« maulte Caroline. »Wenn man die nur hört und nicht sehen muß, sind die gar nicht übel.«

»Wenn der Typ so verzweifelt sucht, wundere ich mich nicht mehr, wo alle die Kelly-Family-Fans herkommen«, meinte Matilda. »Ich denke, Caroline muß wirklich eine eigene Anzeige aufgeben. Lies mal vor, ob die Frauen phantasievoller sind.«

»Klar, diese hier zum Beispiel: ›Dominante Schönheit

sucht devoten Herrn für eine seriöse Dauerbeziehung, Akademiker oder Geschäftsmann mit Haus bevorzugt«", las Benedikt. »Das ist doch wieder mal typisch.«

»Wir müssen uns schon selber was ausdenken«, meinte Franziska. »Caro, nun sag uns doch mal, was du am liebsten tust.«

Caroline überlegte nicht lange. »Am allerliebsten lese ich Krimis. Oder so Schmöker wie *Vom Winde verweht*. Oder psychologische Fachbücher. Oder die Romane von Sten Nadolny. Oder . . .«

»Also jede verdammte Buchstabensuppe weit und breit«, unterbrach sie Matilda. »Was für eine wunderbare Freizeitbeschäftigung. Es wird nur so hageln von tollen Männerbriefen.«

»Gar nicht so übel«, befand Ollie. »Schreib: Liebhaberin von Buchstabensuppen aller Art sucht – was suchst du, Caroline?«

»Einen Mann, der mich defloriert«, antwortete Caroline und wurde rot.

»Der dich – was?« Benedikt kratzte sich am Kopf.

»Entjungfert«, erklärte Franziska.

»Du wirst säckeweise Post bekommen, wenn du das schreibst«, meinte Benedikt. »Liebhaberin von Buchstabensuppen aller Art sucht Traumprinz fürs erste Mal.«

»Aber vorher möchte sie sich noch verlieben.«

»Rothaarige Liebhaberin von Buchstabensuppen aller Art sucht Mann fürs erste Mal, bevorzugt mit viel Kohle, der auch ihre beiden Freundinnen mit großzügigen Geschenken bedenkt«, ergänzte Matilda. »Das ist ja wohl das mindeste.«

»Blödsinn!« sagte Ollie. »Wie soll er denn genau sein, dein Entjungferer? Noch kannst du es dir ja aussuchen.«

»Äußerlich ungefähr wie Keanu Reeves«, antwortete Caroline. »Und innerlich wie der Klöckner von Notre-Dame.«

»Liebhaberin von Buchstabensuppen aller Art sucht Mischung aus Keanu Reeves und dem Klöckner von Notre-Dame fürs erste Mal«, schrieb Franziska. »Das klingt doch witzig.«

»Liebhaberin von Buchstabensuppen aller Art, 21, rothaarig, zierlich, sucht Mischung aus Keanu Reeves und Klöckner von Notre-Dame fürs erste Mal«, ergänzte Ollie. »Und der Klöckner sollte auch ein Mindestalter haben. Sonst melden sich alle erfahrenen Teenager dieser Stadt, um es endlich mal mit einer Rothaarigen zu treiben.«

»Mindestens vierundzwanzig«, sagte Matilda. »Und höchstens vierzig.«

»Vierzig? Bist du wahnsinnig?« schnaubte Caroline. »Allerhöchstens dreißig, allerhöchstens.«

»Von mir aus.« Franziska notierte eifrig. »Das ist kurz und knapp, aber witzig, wenn auch nicht besonders präzise. Aber so ist es nicht so teuer. Wir werden es gleich morgen wegschicken.«

»Und in ein paar Wochen trudeln dann die ersten Briefe ein«, freute sich Matilda. »Das wird ein Spaß! Ich habe immer schon gerne Post bekommen. Und vielleicht ist ja auch einer für mich dabei.«

»Hey, das hier ist nur für Caroline«, erinnerte sie Franziska. »Außerdem hast du schon zwei Typen, zwischen denen du dich entscheiden mußt.«

»Ich denke, die Entscheidung trifft die Zeit«, raunte Caroline, die an den gestrigen Abend und das rasende Glas dachte. »Das hat jedenfalls Amadeus gesagt. Und

Karsten scheidet ganz aus. Also kümmer dich gefälligst um Fabian.«

Matilda sah auf die Uhr. »Das mache ich auch. Heute abend treffen wir uns bei *Nino's*. Ich esse mit Fabian, lasse mich von ihm nach Hause bringen, und um zwölf kommt Karsten hierher. Bis dahin muß Fabian natürlich verschwunden sein.«

»Zwei Typen an einem Abend?« Benedikt schüttelte mißbilligend den Kopf. »Daß die sich das gefallen lassen.«

»Sie wissen ja nichts voneinander«, frohlockte Matilda. »Und wenn Karsten erst ab Mitternacht Zeit hat, kann er wohl kaum erwarten, daß ich so lange zu Hause sitze und Däumchen drehe, oder?«

»Ich finde, du lebst ganz schön gefährlich«, sagte Ollie.

»Ja«, stimmte Matilda fröhlich zu. »Darin liegt ja gerade der Spaß am Leben. Nur was spannend ist, ist auch gut. Diese Anzeigengeschichte zum Beispiel bringt unser Adrenalin in Wallung und hebt die Stimmung.«

»Das ist richtig«, sagte Franziska. »So was ist ein echtes Highlight in diesen trüben Wintertagen.«

Caroline nahm einen Schokoladenkeks. »Das ist mal wieder typisch für euch. Im Grunde macht ihr das nämlich nur für euch. Ich bin die blöde Kuh, die sich blamiert, und ihr habt euren Spaß. Eigentlich habe ich es sowieso nur gemacht, weil Amadeus es gesagt hat.«

»Wer ist Amadeus?« fragten Benedikt und Ollie gleichzeitig.

Franziska kicherte. »Das ist sozusagen unser Hausgeist.«

»Einer unserer Hausgeister«, ergänzte Caroline. »Der andere heißt Heinz. Ach Gott, was habe ich getan? Das ist ja alles so was von peinlich.«

»Ich werde schon dafür sorgen, daß alles gutgeht«, versprach Matilda und erhob sich. »Morgen ist Vollmond.«

Franziska sah ihr kopfschüttelnd hinterher. »Das hast du davon, Caro. Du wirst einen Sack mit stinkenden Kräutern unterm Kopfkissen finden und die ganze Nacht kein Auge zutun.«

Caroline seufzte. »Auch das noch.«

# 3.

Matildas Hexentrip dauerte an. Sie braute täglich geheimnisvolle Tränke zusammen, deren Verbleib Caroline und Franziska irgendwo in ihren Nahrungsmitteln vermuteten.

»Hoffentlich nimmt sie nichts Giftiges«, sagte Franziska, und Caroline schnupperte mißtrauisch an ihrem Zwieback.

»Gestern, als ich solche Angst vor meinem Referat hatte, wollte sie mir einen Zauber dagegen verabreichen. Ich weiß nicht, was sie getan hat, aber als ich vor meinen Kommilitonen stand, war die Angst auf einmal wie weggeblasen.«

Franziska lachte. »Du meinst, Matilda hat sie weggezaubert? Du hast ja wohl einen Dachschaden.«

»Ich weiß nicht. Langsam wird es mir wirklich unheimlich«, gestand Caroline. »Erst diese Geschichte mit Amadeus, und jetzt so was. Weißt du, daß sie ihren beiden Typen, Karsten und Dingsda, kleine Kräutersäckchen in die Manteltasche gesteckt hat, damit sie nichts voneinander merken?«

»Und weil die beiden die letzten Volltrottel sind, glaubst du, Matildas Zauber habe gewirkt, was?«

»Du kannst jedenfalls nicht das Gegenteil beweisen«, sagte Caroline. »Hat sie dir nicht letzte Woche deine Rückenschmerzen weggehext?«

»O ja, sie und das ABC-Wärmepflaster, das ich in der Apotheke gekauft habe.« Franziska schüttelte den Kopf. »Soweit kommt es noch, daß du an diesen Unsinn glaubst!«

»Ja, aber die Sache mit Amadeus war doch wirklich unheimlich. Das mußt du zugeben«, sagte Caroline. »Wenn das nicht gewesen wäre, hätte ich niemals diese bescheuerte Anzeige aufgegeben.«

»Liebhaberin von Buchstabensuppen aller Art sucht Mischung aus Keanu Reeves und Klöckner von Notre-Dame fürs erste Mal«, grinste Franziska. »Ab morgen werden wir endlich mal wieder Post in rauhen Mengen erhalten. Und alles auf einen Schlag.«

»O ja«, sagte Caroline. »Aber das heißt noch lange nicht, daß ich mich dann auch mit den Typen treffe. Du hast selber gesagt, ich kann das als ein Studienprojekt betrachten.«

»Warte es erst mal ab«, sagte Franziska. »Vielleicht willst du dich ja mit denen treffen, wer weiß?«

»*Ich* weiß«, erwiderte Caroline, als Matilda in die Küche kam.

»Einen wunderschönen guten Morgen«, sagte sie. »Caroline, heute ist ein toller Tag für dich, das habe ich soeben in meinen Karten gelesen. Aber Franziska sollte aufpassen. Ihr steht eine Neuigkeit bevor, die sie nicht mit reiner Freude erfüllt.«

»Sondern?« fragte Franziska.

»Sondern mit gemischten Gefühlen«, erwiderte Matilda. »Ich habe das Rad des Schicksals für dich gezogen.«

»So, so«, sagte Franziska und erhob sich. »Wie kommt es nur, daß ich es plötzlich so eilig habe?«

»Das ist der Einfluß des Mars«, antwortete Matilda

prompt. »Er steht in diesen Wochen in Konjunktur mit . . .«

»Halt bitte den Mund«, sagte Franziska. »Jedenfalls so lange, bis ich zur Tür raus bin.«

Matilda blickte Caroline an. »Was hat sie nur immer? Total blockiert, das arme Ding.«

Caroline erwiderte nichts.

»Soll ich dir sagen, was ich in den Karten gelesen habe?« Matilda strahlte sie an. »Du wirst dich freuen. Der Beginn eines Vorhabens steht unter einem guten Stern.«

»Welches Vorhaben?« fragte Caroline.

»Nun, zum Beispiel das Unternehmen Entjungferung bis zum Jahr 2000!«

»Sehr witzig.«

»Meinst du nicht, daß du es bis dahin geschafft haben könntest?« fragte Matilda. »Ich meine, du hättest noch drei Jahre, um jemanden kennenzulernen und über deinen Schatten zu springen.«

»Du bist gemein«, erwiderte Caroline. »Wenn man es nicht gleich mit vierzehn tut, dann geht es eben nicht mehr so einfach.«

»Ich war nicht vierzehn beim ersten Mal«, sagte Matilda. »Ich war einfach nur anders.«

»Das bist du auch heute noch.« Caroline erhob sich. »Ich gehe jetzt jedenfalls. Mein Kunstpsychologieseminar fängt in einer halben Stunde an. Und falls Post von der Zeitung für mich kommt, wehe – du öffnest sie einfach.«

»Keine Angst«, sagte Matilda. »Du wirst schon nicht bis zum Jahr 2000 Jungfrau bleiben. Ich habe da mehrere Rezepturen im Kopf, die dich von deiner Schüchternheit befreien und mit jener Leidenschaft erfüllen werden, die du brauchst, um dich mal so richtig gehenzulassen.«

»Um Gottes willen«, rief Caroline und war nahe daran, ein Kreuz zu schlagen. »Ich habe langsam genug von deinen Zaubertränken. Man könnte denken, du langweilst dich den ganzen Tag. Hast du denn nichts zu tun?«

»Ich und mich langweilen!« Matilda lächelte überlegen. »Ich lebe mein Leben, im Gegensatz zu anderen Leuten in diesem Raum. Ich treffe mich in zwei Stunden mit Karsten an der Hochschule, vorher ist noch Zeit für ein richtig gemütliches Schaumbad, nachmittags besuchen wir ein Konzert, und am Abend fahre ich mit Fabian zum Eislaufen. Das Leben ist so wunderschön für diejenigen unter uns, die es zu genießen wissen.«

»Ach, halt schon die Klappe!« sagte Caroline und verließ die Küche. Matilda folgte ihr in das rosafarbene Schlafzimmer. Caroline blieb nichts anderes übrig, als sich in ihrer Gesellschaft anzuziehen.

»Immer diese Blümchenunterwäsche«, sagte Matilda. »Aber das ist natürlich Geschmackssache. Wenn man lange genug schwarzen Satin getragen hat, bekommt man manchmal auch Lust auf himmelblaue Blümchen. Mit den Männern ist es ähnlich. Fabian ist zum Beispiel eher wie Blümchenunterwäsche. Nicht, daß ich was dagegen hätte, aber es ist eben nichts für jeden Tag. Und Karsten ist schon beinahe wie Lacklederunterwäsche, nur ab und zu mal reizvoll. Was für süße Strümpfe – die könntest du mir mal leihen, wenn ich wieder auf den Naturlook stehe.«

»Gibt es eigentlich auch einen Zauber gegen Quasselstrippen? Du redest dir ja den Mund fusselig.«

»Ich möchte dir nur das Gefühl geben, nicht allein zu sein. Stell dir mal vor, noch drei oder vier Jahre, du hast dein Studium beendet und einen Job in einer anderen

Stadt, vielleicht sogar – man weiß ja nie – einen Mann und ein kreischendes Kind . . . – und dann denkst du an diese Zeit zurück und sagst dir: Ach, hätte ich es doch nur mehr genossen, damals mit Matilda und Franziska in dieser verrückten kleinen Wohnung. Damals, als ich noch eine Jungfrau war.«

»Das glaube ich kaum«, sagte Caroline, aber Matilda ließ sich mit dramatischen Armbewegungen aufs Bett fallen.

»Ach, hätte ich doch nur jemanden zum Reden, jemanden, der so verständig und phantasievoll wie Matilda ist, denkst du dann, und es tut dir leid, daß du mich ständig aus deinem Zimmer geworfen hast. Oh, diese Schuhe zu den Shorts? Das sieht ziemlich langweilig aus, wenn du mich fragst.«

»Ich frage dich aber nicht«, fauchte Caroline. »Und jetzt geh und nimm ein Bad, aber laß mich in Ruhe! Oh, was ist denn das?« Sie zog den Schuh wieder aus und puhlte ein kleines Säckchen aus seinem Innern. »Matilda! Das ist wieder so ein Kräutersack von dir! Was soll das, um Himmels willen?«

»Kampfer, zerstoßenes Glas – und allerlei geheime Zutaten«, sagte Matilda. »Wenn ich du wäre, würde ich ihn drin lassen. Es ist nur zu deinem Besten.«

»Ich bekomme eine Blase davon, du blöde Möchtegernhexe.«

»Ich hätte es dir woanders hingetan, aber man muß darauf treten, sonst ist der Zauber unwirksam. Nun mach schon, wer Erfolg haben will, kann auch schon mal eine Blase riskieren.«

»Wofür ist es?« Caroline betrachtete das Säckchen neugierig und roch vorsichtig daran.

»Es bewirkt, daß deine Schritte dich an die richtige Stelle lenken«, erklärte Matilda ernsthaft.

»Mit anderen Worten, wenn ich es in der Handtasche trage, funktioniert es nicht?«

Matilda nickte.

Seufzend nahm Caroline ein anderes Paar Schuhe aus dem Regal. »Dann nehme ich diese hier, die sind ein bißchen zu groß. Wenn ich mich zusammenreiße, wird es schon gehen.« Sie stopfte das Kräutersäckchen in die Schuhspitze.

Matilda lächelte zufrieden.

»Also, das ist wirklich komisch«, sagte Caroline am Abend zu Franziska. »Ich weiß, daß du es nicht gerne hörst, aber alles, was Matilda mir heute gesagt hat, ist in Erfüllung gegangen. Ich hatte wirklich einen wundervollen Tag, die Zeitungsredaktion hat dieses gewaltige Kuvert geschickt, und was am allermerkwürdigsten ist: Dieses bescheuerte Säckchen in meinen Schuhen hat gewirkt.«

»Was für ein Säckchen?«

»Na ja, Matilda hat es mir in die Schuhe gesteckt, damit meine Schritte an die richtige Stelle gelenkt werden. Und es war ehrlich eigenartig, wie oft ich heute an der richtigen Stelle war.«

Franziska stöhnte. »O Caro, das hätte ich echt nicht von dir gedacht.«

»Nein, ich eigentlich auch nicht. Aber es ist schon merkwürdig, daß ich ausnahmsweise mit der Linie 7 gefahren bin, statt mit der 1, als ob ich gewußt hätte, daß die 1 heute nicht fährt. Und dann hatte ich einen Termin bei Professor Winkler, aber ich bin nicht in sein Sprechzimmer gegangen, sondern habe am Seminarraum auf ihn gewartet, und siehe da, er hatte unseren Termin vergessen. Wenn ich wie geplant am Sprechzimmer gewartet hätte, hätte ich umsonst da herumgestanden. Also, sag mir nicht, daß das Zufall ist.«

Franziska seufzte und schielte zum Kuvert des Zeitungsverlages hinüber. »Warum hast du es noch nicht geöffnet?«

»Ich wollte nicht allein sein. Ich fürchte mich vor obszönen Nacktfotos und solchen Dingen.«

»Oh!« Franziska griff nach dem braunen Umschlag und riß ihn einfach auf. Heraus fielen etwa fünfundzwanzig Briefe, an Chiffre Buchstabensuppe – wie lustig!

»Meine Güte, das sind aber viele!« hauchte Caroline.

Franziska nickte. »Ich hoffe aber, es kommen noch mehr. Das sind bloß die Schnellschreiber. Der Rest wird sich noch etwas Zeit lassen. Schließlich kann man deine Anzeige den ganzen Monat lang lesen.«

»O Himmel, ja. Das ist wirklich überwältigend.« Caroline stockte. »Äh – ich meine, das ist ein tolles Studienobjekt.«

Franziska reichte ihr einen hellblauen Umschlag. »Den zuerst.«

»Das können wir nicht tun. Matilda will sicher gern dabeisein.«

»Matilda ist zum Eislaufen mit einem ihrer verhexten Kerle. Wir können unmöglich auf sie warten. Bis dahin wäre ich an Neugierde gestorben.«

»Ich weiß nicht, das ist unfair. Schließlich ist es unsere gemeinsame Anzeige.«

»Quatsch! Das ist ganz allein deine Anzeige. Matilda und ich suchen keinen Mann fürs erste Mal. Wenn du jetzt nicht gleich die Briefe öffnest, erzähle ich dir nicht, was mir heute passiert ist.«

»Was ist passiert? Etwas Schlimmes?«

»Öffne den Brief, und du wirst es wissen«, sagte Franziska.

Caroline riß den blauen Umschlag auf. »Also, was ist es?«

»Cornelius hat mir gesagt, daß er nach England geht.«

»Er tut was?«

»Er geht nach England. Die Firma hat da ein Werk, irgendwo in der Nähe von Liverpool. Und Corni soll dort arbeiten.«

»O Gott, das ist ja schrecklich«, sagte Caroline mitleidig.

»Nein, das ist es nicht. Es ist ja nur für ein paar Monate«, erklärte Franziska. »Er geht zum ersten Februar, mußte sich ganz spontan entscheiden. Das ist dort so üblich. Wer nein sagt, macht keine Karriere.«

»Ich verstehe«, sagte Caroline. »Und jetzt bist du traurig.«

»Nein, das heißt, ich weiß es nicht«, gestand Franziska. »Einerseits finde ich das ganz gut, mal ein paar Monate lang zu üben, ob ich ihn vermisse. Andererseits bin ich gekränkt, weil er mich überhaupt nicht gefragt hat. Ich meine, er hat diese Entscheidung völlig ohne mich getroffen, und ich denke, er hätte wenigstens mal fragen können, was ich davon halte.«

»Das hätte er«, stimmte Caroline zu und hielt Franziska spontan den blauen Brief hin. »Hier, lies du zuerst, du brauchst ein wenig Aufmunterung.«

»Hallo, süße Buchstabensuppenliebhaberin«, las Franziska laut. »Deine Anzeige fand ich total süß. Wenn du mich süßen Boy, 22, vernaschen willst, dann ruf an. P.S. Foto bei Nichtgefallen bitte zurück.«

»Das Foto brauchst du mir gar nicht erst zu zeigen«, wehrte Caroline ab. »Auf den Haufen mit Nieten, wenn ich bitten darf.«

Franziska legte den Brief zur Seite. »Na ja, vielleicht ist er die einzige Niete.«

»Das glaube ich nicht.« Caroline hatte schon den nächsten Brief geöffnet. Als erstes betrachtete sie das Foto. »O mein Gott, ein Opa im Stringtanga«, rief sie, und Foto und Brief landeten ungelesen auf dem Nietenhaufen.

Franziska nahm sich gleich einen ganzen Stapel vor. »Weißt du, was wirklich komisch wäre?«

»Das hier vielleicht?« Caroline wedelte mit dem nächsten Brief vor ihrer Nase herum. »Dein erstes Mal soll etwas ganz Besonderes sein? Dann gib dich in meine Hände, schöne Unbekannte, und du wirst die Wonnen der Liebe genießen wie keine zweite vor dir. Meinst du so was?«

Franziska kicherte. »Zeig her! Kein Wunder, daß den keine zweite vorher genossen hat, wie der aussieht! Nein, wirklich komisch wäre, wenn wir hier das Bild eines Bekannten fänden, zum Beispiel von Cornelius. Vielleicht steht er ja heimlich auf Rothaarige. Oder auf Jungfrauen. Wäre das nicht schrecklich peinlich? Oh, hier, der klingt aber nett. Hör mal: ›Wenn du einen Mann nicht nur fürs erste Mal suchst, wie wäre es dann mit mir? Ich mag Weckmänner, alte französische Filme und rote Haare, bin vierundzwanzig, blond und trotz Weckmännern schlank. Wenn du Lust hast, mich kennenzulernen, ruf doch mal an.‹«

»Hm«, brummte Caroline. »Immerhin kann der auf den

Haufen für *eventuell* oder *besser als nichts*. Hier habe ich auch einen netten. Aber der heißt Wolfgang. Ich meine, da kann doch nichts Gutes bei rumkommen.«

»Wolfgang?« Franziska kicherte wieder. »Sag das nicht! Mozart hieß auch Wolfgang.«

»Meinst du, ich will einen, der mir die kleine Nachtmusik schreibt?«

»Warum nicht? Oho, hier ist wieder ein Opa im Stringtanga. Ich finde das wirklich affenscharf. Richtig nett, daß die sich alle anbieten, dich von deiner Jungfräulichkeit zu befreien.«

Caroline seufzte und streckte die Beine aus. »Also, jetzt brauch' ich erst mal eine Pause. Könntest du nicht wieder Kakao mit Rum machen? Das hat meine Laune neulich abend deutlich gehoben.«

Als Matilda gegen Mitternacht nach Hause kam, hatten die beiden anderen alle Briefe geöffnet und auf dem Tisch sortiert.

»Zwei Haufen?« fragte Matilda scharfsinnig. »Einer für *nein danke* und der andere für *ja bitte*, stimmt's? Das hätte ich genauso gemacht.«

»Eigentlich sind es drei Haufen«, erklärte Franziska. »Einer für *nein danke*, einer für *immer noch besser als nichts* und einer für *ja bitte*.«

»Aber das hier sind nur zwei Haufen«, sagte Matilda. »Ich bin doch nicht blind!«

»Nein, es sind zwei Haufen. Das liegt daran, daß Caroline keinen einzigen Brief auf den Ja-bitte-Haufen tun wollte.«

»Was kann ich dafür? Lies selber, Matilda. Es sind lauter Psychopathen, ganz wie ich gesagt hatte.«

Matilda raffte sich ein paar Briefe und versank in die Betrachtung der Fotos. »Aber ein paar sehen echt knuffig aus«, sagte sie dann. »Dieser hier zum Beispiel. Schade, daß er Wolfgang heißt.«

Es klingelte an der Haustür.

»Vielleicht hat ja einer von denen deine Adresse rausbekommen.« Matilda stand auf und drückte auf den Summer.

»Hoffentlich nicht der, der dich auf einem Altar entjungfern wollte, auf dem zuvor gerade ein weißes Lamm geschlachtet worden war«, sagte Franziska und rollte die Augen.

»Der würde Matilda bestimmt gefallen.« Caroline kicherte matt. »Meinst du, die Zeitung hält echt dicht, was die Adresse und so angeht? Mir wäre das so was von peinlich, wenn einer wüßte, daß ich noch nie ... Na, ihr wißt schon.«

»Ach, Caro, das weiß doch mittlerweile jeder«, sagte Matilda vom Flur her. »Außerdem sieht man es dir an.«

»Das ist nicht wahr«, empörte sich Caroline. »So was kann man niemandem ansehen! Wer ist denn da?«

»Woher soll ich das wissen?« Matilda horchte ins Treppenhaus hinaus. »Jedenfalls ein ziemlicher Lahmarsch.«

»Matilda, mach sofort die Tür zu!« befahl Franziska. »Da kann ja jeder klingeln, mitten in der Nacht. Wozu haben wir denn eine Gegensprechanlage? Gleich steht hier jemand mit einer Kettensäge in der Küche.«

Aber der Typ, der gleich darauf in der Tür erschien, sah nicht aus, als würde er in seiner Freizeit mit einer Kettensäge hantieren. Caroline fand sogar, daß er aussah, als könne er eine Kettensäge nicht mal halten. Er war blaß, groß und sehr dünn, die etwas schütteren blonden

Haare im Nacken zu einem Zopf gebunden. Nicht gerade ein Traummann.

»Hallo, Fabian«, sagte sie trotzdem freundlich.

»Karsten«, sagte der Typ. »Ich heiße Karsten.«

»Oh«, sagte Caroline erschrocken. Franziska in der Küche kicherte vernehmlich.

»Da muß ich dich verwechselt haben«, sagte Caroline. »Weil – ähm – . . . weil . . .«

»Sie ist kurzsichtig«, sagte Matilda. »Du siehst aus wie ihr Bruder Fabian.«

»Genau«, sagte Caroline und wurde rot. Franziska in der Küche kicherte lauter.

Karsten schien aber ein ziemlicher Dummkopf zu sein. Er sah sich achselzuckend um. »So sieht also eine Mädchen-WG aus, was?«

Und so sieht also ein Volltrottel aus, dachte Caroline. Franziska erschien in der Küchentür. »Es ist Mitternacht, was suchst du um diese Zeit in einer Mädchen-WG?«

Karsten musterte sie von oben bis unten. »Eine Emanze, was?« fragte er. »Aber du kannst dich abregen. Ich bin ganz sicher nicht deinetwegen gekommen.« Er drehte sich zu Matilda um und streichelte ihre Wange. »Sondern wegen dieses Prachtexemplars hier. Und weil ich zufällig in der Nähe war . . .«

»Wie lieb von dir«, sagte Matilda schnell. »Ich hatte eben auch an dich gedacht.«

»Na, das grenzt an Hexerei, würde ich sagen«, setzte Franziska hinzu und lächelte liebenswürdig. Schnuppernd ging sie einmal um Karsten herum. »Irgendwer riecht hier komisch. Sehr komisch. Hast du vielleicht eine tote Maus in der Manteltasche.«

Matilda warf ihr einen bösen Blick zu und zerrte Karsten in ihr Zimmer. »Hier sind wir ungestört«, sagte sie und machte die Tür zu.

Caroline und Franziska blieben draußen im Flur.

»Schlimme Sitten«, sagte Caroline und schüttelte den Kopf. »So was hätte es früher nicht gegeben. Ich dachte wirklich, es wäre Fabian.«

»Nein, Fabian sieht nicht aus wie ein kranker Aal. Und er benimmt sich auch nicht so.«

»Vielleicht macht das das Kräutersäckchen in der Manteltasche. Stell dir mal vor, mitten in der Nacht hat den die Sehnsucht gepackt.«

Franziska seufzte. »Vielleicht sollte ich Matilda bitten, mir mal so ein Ding für Cornelius zu fertigen. Dann würde er nach dem Wasserballtraining nicht sofort zu Bett gehen, damit er auch bloß ausgeschlafen ist. Und nach England gehen würde er auch nicht.«

»Ja, man kommt ins Grübeln. Unsere kleine Hexe hier hat echt mehr Glück mit den Männern. Vielleicht sollten wir auch mal das Zaubern anfangen.«

Franziska lauschte Matildas kehligem Lachen, das aus dem Zimmer schallte. »Ich weiß nicht«, sagte sie. »Hand aufs Herz, möchtest du freiwillig die Nacht mit so einem Zitteraal verbringen?«

Caroline lachte. »Nein, das möchte ich nicht.«

»Na, siehst du. Denk nur mal an die vielen lustigen Briefe! Morgen wirst du überall anrufen und lauter nette Typen kennenlernen!«

»Morgen schon?« fragte Caroline erschrocken.

# 4.

Am nächsten Abend kochte Franziska für ihre beiden Mitbewohnerinnen sowie für Cornelius, Ollie und Benedikt grüne Bandnudeln mit Käse-Spinat-Soße. Weil so viele Leute nicht an den kleinen Küchentisch paßten, deckte sie das schwarze Ungetüm in Matildas Zimmer.

»Du hast doch nichts dagegen?« fragte sie.

Matilda schüttelte den Kopf. »Wie könnte ich? Deine Spinat-Käse-Soße ist das Beste, was mir an diesem Tag widerfahren wird. Stell dir das mal vor: Jetzt habe ich schon zwei Typen am Hals, und an einem einzigen Tag haben beide keine Zeit für mich! Meinst du, ich sollte mir einen dritten Liebhaber zulegen?«

Franziska antwortete nicht auf ihre Frage. »Du könntest den Knoblauch kleinhacken«, schlug sie vor.

»Ich stelle schon mein Zimmer zur Verfügung, den Knoblauch kann jemand anders hacken.«

Mißmutig schob Matilda ins Badezimmer ab. Ein Abendessen mit zwei gutaussehenden Schwulen und dem Freund der besten Freundin und Cousine gehörte nicht zu den Ereignissen, die geeignet waren, ihre Laune zu heben, und sei es noch so lecker. Es war aber auch zu blöd, daß Karsten ausgerechnet an dem Tag seine Eltern besuchen mußte, an dem Fabian seine Doppelkopfrunde hatte. Ein Abend ohne Männer – Matilda fürchtete, an Langeweile zugrunde zu gehen. Um dem Abend wenigstens einen Glanzpunkt zu verpassen, zog sie schließlich ihr enges rotes Kleid an. Es war zwar ein Sommerkleid, und es war ziemlich kalt in der Wohnung, aber dafür der Ausschnitt so tief, daß niemand die Augen von ihr würde abwenden können – schwul oder nicht schwul.

Mit leicht klappernden Zähnen wärmte sie ihre Hände über der Herdplatte.

»Meinetwegen kannst du dir ruhig einen Pullover überziehen«, sagte Cornelius, als er sie sah.

Matilda streckte ihm die Zunge raus.

Als alle schon am Tisch saßen – Franziska hatte die glänzend schwarze Oberfläche und die klobigen Beine unter einem großen Tischtuch versteckt – und sich gerade über den Riesenberg Nudeln hermachen wollten, klingelte das Telefon. Caroline, die der Tür am nächsten saß, hob den Hörer ab.

»Matilda, für dich. Er hat seinen Namen nicht genannt, aber er klingt, als ob er Telefonsex wolle. Bitte, mach das im Flur und denk bloß nicht, daß wir mit dem Essen warten, bis du fertig bist.«

Matilda war nach einer halben Minute mit einem weiteren Stuhl, einem Teller und einem Weinglas zurück. »Das war Fabian«, erklärte sie. »Seine Doppelkopfrunde ist ausgefallen. Ich habe ihn zum Essen eingeladen. Es ist doch genug da, oder, Franziska?«

Franziska nickte. »Jetzt hast du dieses Kleid doch nicht umsonst angezogen.«

»Aber wir müssen hoffentlich nicht auf den Kerl warten?« fragte Benedikt und nahm hastig den ersten Bissen. »Nicht mal eine Minute könnte ich das jetzt noch. O Gott, diese Soße schmeckt jedesmal leckerer. Etwas ganz Besonderes.«

»Vielen Dank«, sagte Franziska. »Wir haben ja auch heute etwas ganz Besonderes zu feiern.«

»Was denn?« wollte Cornelius wissen.

»Was denn?« fragten auch Caroline und Matilda.

»Caroline hat jede Menge Zuschriften auf ihre Anzeige bekommen, und heute trifft sie ihre ersten Blind Dates«, sagte Franziska stolz.

»Bist du bescheuert?« fragte Caroline. »Du willst, daß ich in euer aller Beisein diese Typen anrufe?«

»Aber sicher doch«, erwiderte Franziska. »Deshalb habe ich ja dieses phantastische Essen gekocht.«

Caroline ließ die Gabel sinken. »Ehe ihr mir alle zuhört, wie ich mich blamiere, spucke ich lieber alles wieder aus.«

»Aber, Caroline, wir sind doch alle deine Freunde«, sagte Benedikt. »Außerdem haben wir die entscheidenden Highlights der Anzeige formuliert.«

»Wie viele Typen muß sie denn anrufen?« erkundigte sich Cornelius.

»Nicht viele«, sagte Matilda bedauernd. »Nur drei kommen wirklich in Frage. Und einer davon heißt Wolfgang.«

Es klingelte.

»Das ist Fabian«, sagte Matilda und stand wieder auf.

»Das ging aber schnell«, meinte Ollie. »Sicher hat er von der Telefonzelle um die Ecke angerufen.«

»Und ich habe einen Zuhörer mehr«, beschwerte sich Caroline. »Ich denke gar nicht daran, für euch den Alleinunterhalter zu spielen. Ihr könnt gefälligst selbst eine Anzeige aufgeben, wenn ihr euch langweilt.«

Benedikt lachte. »Wir warten erst mal ab, wie sich das bei dir so anläßt.«

Matilda kam mit einem nett aussehenden jungen Mann zur Tür rein. Er lächelte leicht verlegen.

»Das ist Fabian«, sagte Matilda. »Haben wir noch ein paar Nudeln mit Soße für ihn?«

»Wenn wir hungrig nach Hause gehen sollen, sicher«, murrte Ollie.

»Klar haben wir genug«, schaltete sich Franziska ein. »Matilda bekommt keine zweite Portion. In diesem Kleid kann sie es sich sowieso nicht leisten. Da sieht man jede Nudel sofort!«

Fabian setzte sich neben Matilda. Franziska häufte einen Berg voll Nudeln auf seinen Teller, Cornelius goß ihm Rotwein ein. Ollie reichte ihm von hinten Besteck heran.

»Das schmeckt einfach toll«, sagte Fabian beeindruckt. »Wie gut, daß ich noch hergekommen bin.«

»Ja«, strahlte Matilda. »Aber es wird noch besser. Caroline hier wird jetzt gleich bei drei völlig unbekannten Typen anrufen und ein Date mit ihnen vereinbaren. Und wir werden alle zuhören – ist das nicht toll?«

Fabian betrachtete Caroline, während er seine Nudeln kaute. »Ehrlich? Das ist ja lustig.«

Caroline lief rot an. »Ja, sehr lustig«, murmelte sie böse.

»Sie hat eine Anzeige aufgegeben«, informierte Matilda ihren Gast weiter. »Sie sucht einen Mann fürs erste Mal.«

Fabian hörte plötzlich auf zu kauen. »Tatsächlich?«

Caroline wurde rot gefleckt.

»Sie hat jede Menge Zuschriften bekommen«, erklärte Franziska. »Aber nur drei kommen überhaupt in Frage.«

»Und einer davon heißt Wolfgang«, ergänzte Cornelius.

»Tatsächlich?« fragte Fabian wieder, und Caroline wurde dunkelrot gefleckt.

»Trink noch ein bißchen Wein«, sagte Franziska zu ihr. »Dann bist du lockerer, wenn du telefonierst.«

»Ich hole schon mal das Telefon«, bot Ollie an.

»Ihr habt eins mit einer Mithörtaste«, sagte Benedikt froh. »Das macht sich jetzt wirklich bezahlt.«

»Wo sind denn die Fotos?« fragte Cornelius. »Schließlich wollen wir wissen, welches Gesicht zu welcher Stimme gehört.«

»Hole ich alles«, sagte Franziska. »Und Nachtisch gibt es auch. Ich habe eine Mascarponecreme mit Sahne und zerkrümelten Amarettinis gemacht, die Portion zu eintausenddreihundert Kalorien.«

»Das ist aber lustig hier bei euch«, meinte Fabian und nahm sich nocht etwas von den Nudeln.

»Ja, nicht wahr?« Matilda war blendender Laune. »Bei uns ist immer etwas los.«

»Ich hasse euch«, flüsterte Caroline.

»Und wir lieben dich«, entgegnete Ollie und setzte ihr das Telefon auf den Schoß.

Cornelius hielt ein Foto in die Runde und las den dazugehörigen Brief. »Nummer eins heißt Florian, ist dreiundzwanzig und trägt garantiert niemals Socken im Bett. Na toll, Caroline, wenn das kein Kriterium ist. Immerhin wohnt er hier in Köln. Die Nummer ist 745557.«

Caroline tippte sich an die Stirn. »Ihr glaubt doch nicht im Ernst, daß ich da jetzt anrufe?«

»Doch«, erwiderten alle im Chor.

»Dann seid ihr eben im Irrtum«, sagte Caroline böse. »Auf so was muß ich mich tagelang vorbereiten. Mir jedes Wort zurechtlegen.«

»Das ginge mir auch so«, bekannte Fabian schüchtern.

»Spontan wirkt es aber besser«, behauptete Ollie.

»Wähl einfach diese Nummer und sag, was dir gerade durch den Kopf geht.«

»Das ist ja das Problem«, sagte Caroline. »Mir geht nichts durch den Kopf. Ich finde das einfach nur unheimlich peinlich.«

»Aber den Typen ist das mindestens so peinlich wie dir«, mischte sich Fabian wieder ein. »Ich meine, ich würde im Boden versinken, wenn ich jemandem einen Brief mit Foto geschickt hätte.«

»Das stimmt«, sagte Caroline nachdenklich.

»745557«, begann Cornelius wieder. Als Caroline sich nicht rührte, wählte Ollie und hielt ihr den Hörer hin. Caroline kniff die Lippen zusammen und verweigerte die Annahme.

»Bitte!« Ollie stellte auf *mithören*. »Tu's für mich.«

»Warum sollte ich?« fragte Caroline. Das Freizeichen ertönte, im Raum herrschte Mucksmäuschenstille. Alle sahen Caroline bittend an, aber die schüttelte bockig den Kopf.

»Feigling«, flüsterte Franziska, und da leerte Caroline ihr Weinglas in einem Zug und nahm den Hörer aus Ollies Hand.

»Hallo?« fragte eine Frauenstimme am anderen Ende der Leitung, und Caroline wollte sofort wieder auflegen.

»Nicht!« flüsterte Franziska, und Cornelius sagte: »Frag einfach nach Florian!«

»Hallo?« wiederholte die Frau am anderen Ende. Caroline hielt Cornelius ihr Glas hin. Er goß wortlos Wein ein.

»Äh, hallo«, sagte Caroline. »Hier ist – ähm. Ich hätte gern mit Florian gesprochen.«

»Moment mal«, sagte die Frauenstimme. »Florian! Telefon für dich!«

Caroline hielt den Hörer zu. »Der wohnt noch zu Hause, da kann ich auch gleich auflegen.«

»Die klingt zu jung, um seine Mutter zu sein«, sagte Franziska, und Fabian fügte hinzu: »Und selbst wenn – ich habe auch bis vierundzwanzig zu Hause gewohnt. Deshalb bin ich trotzdem ein toller Typ. Irgendwie.«

Caroline leerte das zweite Weinglas wieder in einem Zug.

»Hallo?« Am Telefon war jetzt ein Mann. Carolines Gesicht wurde noch eine Spur rotfleckiger.

»Hallo, hier ist Caroline. Ich habe Post von dir bekommen. Auf die Anzeige im *Prinz*«, sagte sie, beinahe ohne zu stottern. Ihre Zuhörer ringsum nickten anerkennend.

»Oh«, die Stimme klang erfreut. »Du bist die attraktive Steinbockfrau mit dem Irland-Tick. Super, daß du anrufst.«

Caroline und die anderen sahen verblüfft drein. Benedikt unterdrückte ein Kichern, Franziska runzelte unwillig die Stirn.

»Äh, also, das ist nicht ganz richtig, eigentlich bin ich Waage«, sagte Caroline.

»Und Jungfrau«, murmelte Matilda.

»Oh«, die Stimme klang jetzt etwas peinlich berührt. »Du bist die Rothaarige mit der Buchstabensuppe. Eine Sekunde mal.«

»Ja«, seufzte Caroline. »Genau.«

Am anderen Ende der Leitung raschelte Papier.

»Jetzt sortiert er seine Briefe«, flüsterte Franziska. »Wahrscheinlich ist Anzeigenbeantworten sein Hobby. Leg auf!«

»Nein, bloß nicht!« riefen die anderen.

»Ja, jetzt hab' ich dich«, sagte der Typ am Telefon. »Deine Anzeige hat mir echt gut gefallen. Witzig, echt.«

»Echt«, wiederholte Franziska flüsternd. »Leg am besten auf!«

»Danke«, sagte Caroline. »Dein Brief hat mir auch gefallen.«

»Und das Foto«, zischte Matilda.

»Und das Foto«, sagte Caroline.

»Ja, dann hast du mir was voraus«, erwiderte der Typ. »Ich weiß nur, daß du rote Haare hast. Beschreib dich doch mal näher!«

»Also, ich . . .«, begann Caroline, aber da winkte Franziska ab. »Soll er selber sehen. Morgen nachmittag bei *Nino's*!«

»Ähm«, fuhr Caroline fort, »ich fänd's besser, wenn wir uns sehen könnten. Wie wäre es morgen nachmittag bei *Nino's*? Das ist ein italienisches Bistro hier in der Gegend.«

»Kenn' ich«, sagte der Typ. »Um wieviel Uhr?«

»Um wieviel Uhr?« wiederholte Caroline.

»Sechzehn Uhr«, flüsterte Franziska, aber Matilda zischte: »Nein, siebzehn Uhr, vorher hab' ich Seminar.«

»Wie wär's mit siebzehn Uhr?« fragte Caroline.

»Einverstanden«, sagte der Mann am anderen Ende der Leitung. Man hörte, wie er sich etwas aufschrieb.

»Der muß das mit seinen vielen anderen Blind Dates koordinieren«, flüsterte Franziska Cornelius zu. »Ich werde auf jeden Fall dabeisein und Caroline vor ihm beschützen!«

»Bis morgen«, sagte Caroline erschöpft und wollte auflegen.

»Stop!« Benedikt schrie beinahe. Mit gesenkter

Stimme setzte er hinzu: »Ihr müßt doch noch ein Erkennungszeichen ausmachen!«

»Stop!« sagte Caroline in den Hörer. »Wir müssen doch noch ein Erkennungszeichen ausmachen.«

»O ja«, antwortete der Typ. »Ich schlage vor, wir lesen beide den *Prinz*. Das hat sich als Erkennungszeichen bewährt.« Er lachte, nicht die Spur verlegen.

»Also gut«, sagte Caroline. »Die *Prinz* also – oder heißt es *der Prinz*? Na egal, ich werde dich schon erkennen. Außerdem habe ich ja dein Foto gesehen.«

»Und du hast rote Haare. Ich hätte dich auch erkannt. Bis morgen dann.«

Caroline legte hastig den Hörer auf. »O Gott, war das peinlich!«

»O Gott, war das lustig!« sagte Ollie.

»O Gott, war der blöd!« sagte Franziska. »Am besten, du gehst gar nicht erst hin. Bist du die attraktive Steinbockfrau mit dem Irland-Tick? Ich hätte gleich wieder aufgelegt. Das ist ein Serientäter.«

»Macht nichts«, meinte Benedikt und rieb sich die Hände. »Das erste Date steht. Und ratet, wer morgen um siebzehn Uhr bei *Nino's* sein wird?«

»Ich«, sagte Matilda.

»Ich auch«, sagte Ollie.

»Und ich«, sagte Cornelius. »Ich werde früher mit der Arbeit Schluß machen.«

»Ich wäre auch gern dabei«, meldete sich Fabian. »Das heißt, wenn ich darf.«

»Natürlich darfst du. Und du mußt deiner Freundin Peggy Bescheid sagen, Caro«, bstimmte Matilda. »Sie studiert schließlich auch Psychologie und kann die Sache ganz objektiv beurteilen.«

»Hauptsache, ihr amüsiert euch«, sagte Caroline. »Auf meine Kosten.«

»Noch nicht genug«, erklärte Benedikt und hielt das nächste Foto hoch. »Dieser hier heißt Wolfgang! Weitermachen.«

Caroline stöhnte.

# 5.

»Wie sehe ich aus?« fragte Caroline. Sie trug Jeans und ihr apfelgrünes Twinset. Die Haare waren in einem Zopf gebändigt, der den halben Rücken hinabfiel.

»Zu langweilig«, sagte Matilda. »Das ziehst du immer an.«

»Aber die haben mich doch noch nie gesehen«, verteidigte sich Caroline.

»Du brauchst eine andere Frisur«, bestimmte Franziska. »Die Typen wissen ja schon durch deine Anzeige, daß du noch unschuldig bist. Aber deshalb mußt du ja nicht auch so aussehen.«

»Außerdem brauchst du ein Make-up, das deine roten Flecken abdeckt«, setzte Matilda hinzu.

Caroline legte die Handflächen auf ihre Wangen. »Die kann man nicht abdecken«, klagte sie. »Es ist grauenhaft, daß ich immer aussehe wie zu heiß gebadet, wenn ich aufgeregt bin.«

»Wir sind doch alle bei dir«, tröstete Franziska. »Und du hast deine Rendezvous so geschickt gelegt, daß du sie in einem Aufwasch abcheckst.«

»Um 17 Uhr Florian, um 17.45 Uhr Daniel und Wolfgang um 18.15 Uhr«, zählte Matilda auf. »Kurz und schmerzlos. Und du mußt nicht mal deinen Hintern heben.«

»Was mache ich denn, wenn die nicht pünktlich wieder

verschwinden?« sagte Caroline. »Ich kann ja schlecht sagen: Jetzt hau ab, gleich kommt der nächste!«

»Wofür hast du Freunde?« fragte Matilda rein rhetorisch. »Ich verspreche dir, daß ich jeden Typ in Minutenschnelle von deinem Tisch weg auf die Straße lotsen kann, wenn es sein muß.«

»Eingebildete Kuh«, sagte Caroline.

»Und du könntest zur Feier des Tages einen anderen als diesen unsichtbaren Lippenstift nehmen«, schlug Franziska vor.

Caroline zog seufzend das Gummi aus dem Haar. Noch bevor sie den Zopf gelöst und Franziskas karamellfarbenen Lippenstift aufgetragen hatte, trudelten die ersten Zuschauer ein. Zuerst kam ihre Freundin und Kommilitonin Peggy. Sie hatte ein Buch dabei, *Lebensglück über Kontaktanzeigen – ein Für und Wider*, und erklärte Caroline, daß ihre Chancen, an diesem Nachmittag den Traummann kennenzulernen, eins zu zwei Millionen stünden.

»Genauso groß wie die Chance, daß heute abend ein als Cowboy verkleidetes Zebra ins Bistro stürmt und ruft: Hände hoch, das ist ein Überfall!« setzte sie hinzu. »Aber das soll dich nicht davon abhalten, eine neue Erfahrung zu machen.«

Caroline stöhnte: »In Wirklichkeit ist es doch so, daß *ihr* diese Erfahrung machen wollt. Ich habe überhaupt kein Interesse daran. Vor allem nicht, wenn die Chancen eins zu zwei Millionen stehen.«

»Ach, das glaube ich nicht«, widersprach Franziska. »Ich kenne mindestens drei Menschen, die über eine Kontaktanzeige ihren zukünftigen Ehepartner kennengelernt haben. Und ich kenne keine sechs Millionen Menschen. Nicht mal sechshundert, um genau zu sein. Also ist diese Statistik völliger Humbug.«

»Genau«, sagte Matilda. »Meine Schwester hat ihren Mann auch über eine Kontaktanzeige kennengelernt.« Sie verzog schmerzlich das Gesicht. »Das war ihre letzte Chance. Und für ihren Mann auch.«

»Ich habe gesagt, die Chancen, den *Traummann* kennenzulernen, stehen eins zu zwei Millionen«, sagte Peggy. »Die Personen, von denen ihr sprecht, haben einfach *irgend jemanden* kennengelernt, und wenn man nicht den Traummann erwartet, stehen die Chancen logischerweise eins zu eins, daß man das tut.«

»Aber *ich* erwarte den Traummann«, legte sich Caroline fest. »Beim ersten Mal soll schließlich alles stimmen. Von mir aus werde ich danach Abstriche machen.«

Als nächstes kamen Ollie und Benedikt, und gleich darauf erschien auch Fabian. Karsten war immer noch bei seinen Eltern, und ein Fabian war besser als überhaupt kein Mann. Als Matilda ihn deshalb mit besonders heftigen Küssen begrüßte, klingelte das Telefon.

Franziska ging dran.

»Hi, hier ist Karsten«, sagte jemand am anderen Ende. »Ich hätte gern mit meiner Freundin gesprochen. Ist sie da?«

»O ja«, antwortete Franziska mit einem Blick auf die küssende Matilda. »Aber sie hat gerade den Mund voll.«

»Könntest du trotzdem so lieb sein und sie mal schnell ans Telefon rufen? Ich rufe von meinen Eltern aus an und möchte den Apparat nicht lange blockieren.«

»Sicher. Matilda, Telefon für dich.«

»Wer ist es denn?«

»Ich habe den Namen nicht verstanden«, sagte Franziska. »Ein Herr Aal oder so ähnlich. Aus einem Hotel Mama.«

»Oh«, sagte Matilda kein bißchen erschrocken und lächelte zu Fabian hinauf. »Das ist mein Gesanglehrer. Ich telefoniere besser in meinem Zimmer mit ihm. Hier ist es zu laut.«

»Ja, allerdings«, sagte Franziska streng. »Caro, beeil dich, wir müssen in spätestens zehn Minuten bei *Nino's* sein, damit wir uns noch unauffällig plazieren können, bevor dein erstes Rendezvous aufkreuzt.«

Caroline biß sich aufgeregt auf die Unterlippe. »Wie sehe ich aus?«

»Toll«, schwärmte Fabian und biß sich gleich darauf ebenfalls auf die Unterlippe.

»Sehr gut«, meinte auch Franziska. »Und ich?«

»Wieso du?« wunderte sich Benedikt.

Franziska strich sich das Haar hinters Ohr. »Na ja, man wird ja wohl noch fragen dürfen.«

»Du siehst gut aus«, erwiderte Ollie freundlich. »Aber du hast deinen Traummann ja längst gefunden.«

»Das dachte ich auch«, sagte Franziska. »Aber jetzt geht er für drei Monate nach England, und er hat mich nicht mal gefragt, was ich davon halte. Und traurig ist er auch nicht. Er hat kein einziges Mal gesagt, daß er mich vermissen wird. Vielleicht liebt er mich nicht mehr.«

»Niemals«, protestierte Benedikt. »Cornelius liebt dich bis an sein Lebensende. Er ist dieser Typ Mann.«

»Und warum ist er dann nicht die Spur traurig, daß wir so lange getrennt sein werden?«

»Vielleicht will er dich damit nicht nerven«, meinte Ollie. »Hast du ihn denn schon mal darauf angesprochen?«

»Eher würde ich mir die Zunge abbeißen«, ereiferte sich

Franziska. »Ich tue so, als würde mich die ganze Sache völlig kalt lassen. Hey, Matilda, würg deinen Aal ab und komm! Wir müssen uns beeilen.«

»Wann fährt Cornelius denn?« wollte Benedikt wissen.

»Anfang Februar«, sagte Franziska. »Das sind noch zwei mickrige Wochen.«

»Wir sollten eine Abschiedsparty für ihn geben«, schlug Ollie vor. »Diese Wintertage sind immer so trist und ereignislos, wenn nicht gerade eine von euch schwanger ist oder so was.«

»Das ist keine schlechte Idee«, sagte Matilda, die mit dem Telefon aus ihrem Zimmer gekommen war. »Eine Surprise-Party für Cornelius. Wir könnten eine englische Tea Party veranstalten oder ein Büfett mit Fish und Chips.«

»Ich überleg's mir«, sagte Franziska und schob alle zur Tür hinaus. Auf dem Weg zu *Nino's* probten sie mit Caroline Fragen und Antworten.

»Vergiß niemals, daß du jeweils nur eine halbe Stunde Zeit hast«, mahnte Franziska. »Du mußt in dieser Zeit alles abchecken, was wichtig ist.«

»Das wichtigste ist, daß er eine eigene Wohnung hat, wo ihr ungestört sein könnt«, meinte Benedikt.

»Du solltest sichergehen, daß er über genügend Erfahrungen verfügt«, setzte Matilda hinzu. »Also mußt du ziemlich schnell zum Thema kommen, wenn er's nicht von selber tut. Du fragst ihn nach seinen bisherigen Beziehungen und einschlägigen Erlebnissen.«

»Und natürlich mußt du sicher sein, daß er mit Kondomen umgehen kann. Das können nämlich die wenigsten«, sagte Peggy. »Und wenn sie's können, wollen sie es nicht.«

»Das gilt aber nicht für alle Männer«, sagte Fabian. »Ich würde sagen, wichtiger ist, daß du ihn nach seinen sexuellen Vorlieben fragst. Damit du nicht an einen Perversen gerätst.«

»Wie bitte?« Caroline war ziemlich verstört. »Könnt ihr nicht einfach mal den Mund halten?«

Im Bistro setzten sie sich an zwei benachbarte Tische: Caroline an den einen, Franziska, Matilda, Fabian, Ollie, Benedikt und Peggy an den anderen. Keiner wollte mit dem Rücken zu Caroline sitzen, und so quetschten sie sich alle in einer Art Halbkreis aneinander.

»Sehr unaufällig«, höhnte Caroline. Sie nahm die/den *Prinz* aus ihrem Rucksack und legte sie vor sich hin.

Nino, der Wirt, kam, um die Bestellung aufzunehmen. Er kannte sie fast alles sehr gut, denn *Nino's* war nicht nur ihr Stammcafé, sondern auch Matildas Arbeitsstelle in den Sommersemesterferien. Sie brach alle Trinkgeldrekorde, wenn sie im Straßencafé kellnerte. Nino hielt große Stücke auf sie. Jetzt blickte er bekümmert von einem Tisch zum anderen.

»Haben Sie sich mit Ihren Freunden gestritten, *bella*?« fragte er Caroline.

»Ja«, erklärte Caroline böse. »Sie sind alle sensationsgeile Gaffer ohne jede Anteilnahme.«

»Glaub ihr nicht, Nino«, sagte Matilda. »Wir wollen nur das Beste für sie. Und ab jetzt tu bitte so, als würdest du sie nicht kennen. Und als wüßtest du nicht, daß sie unsere Freundin ist. Sie hat nämlich ein Rendezvous. Deshalb ist sie auch so fleckig.«

Nino lächelte. »Ich verstehe! Ein Geheimkomplott. Viel Glück!«

»Eine Cola light für mich«, sagte Caroline matt.

»Für mich einen Cappuccino«, bat Benedikt.

»Da kommt einer mit der *Prinz* unterm Arm«, zischte Peggy. »O mein Gott.«

Franziska verglich den Typ unterm Tisch mit dem Foto von Florian, dem Kandidaten Nummer eins. »Das ist er«, sagte sie. »Nur viel kleiner. Caro, es geht los.«

Caroline wurde noch fleckiger. »So fleckig, daß sie einfach nur noch rot aussah«, berichtete Matilda später. »Das war von Vorteil.«

Der Neuankömmling ließ seine Augen suchend über die Tische gleiten. Ziemlich schnell entdeckte er Caroline und steuerte auf ihren Tisch zu.

»Der ist ja winzig«, flüsterte Peggy. »Ich finde, er hätte fairerweise schreiben müssen, daß er die zulässige Mindestgröße unterschreitet.«

»Aber sein Gesicht ist niedlich«, meinte Benedikt. »Und Caroline ist ja selber nicht gerade die größte.«

»Aber immer noch größer als dieser Zwerg«, zischte Ollie.

Der Zwerg blieb vor Caroline stehen und lächelte selbstbewußt. »Die Liebhaberin von Buchstabensuppen aller Art? Ich bin Florian.«

»Hallo«, sagte Caroline.

Der Typ musterte sie gründlich, bevor er sich setzte. »Nicht übel«, sagte er. »Ich hatte ehrlich gesagt ein bißchen Angst, du könntest so eine sommersprossige Rothaarige mit Boris-Becker-Wimpern sein. Darauf stehe ich nämlich nicht.«

»Aha!« sagte Caroline und warf einen Blick über seine Schulter, wo Peggy sich an den Hals packte und die Augen verdrehte.

»Na, dann wollen wir uns doch mal ein bißchen beschnuppern«, sagte Florian. »Fangen wir mit dir an. Du ißt also gerne Buchstabensuppe?«

»Äh«, sagte Caroline. »Also, das sollte eigentlich eine Umschreibung dafür sein, daß ich gerne lese.«

»Ach so! Ich lese eigentlich nicht viel«, gestand Florian. »Ich warte immer, bis es das Buch auf Video gibt, hahaha.«

»Haha«, machte Caroline.

»Für mich ist körperliche Bewegung wichtiger«, fuhr Florian fort und krempelte seinen Hemdsärmel hoch. »Einen durchtrainierten, gesunden Body ist man sich einfach schuldig. Ich mach' Krafttraining und Karate für meine Muckis.«

Am Nebentisch bekam Franziska einen Hustenanfall.

»Typischer Fall von Kompensation«, konstatierte Peggy. »Der Typ hat nicht nur Komplexe wegen seiner Körpergröße, vermutlich ist er auch impotent.«

»Nur wer einen gesunden Körper hat, hat auch ein funktionierendes Gehirn. Wie heißt es doch auf Lateinisch? In corpus Sahne est«, sagte Florian stolz und krempelte auch den anderen Bizeps frei.

»Mens sana in corpore sana«, verbesserte Caroline mechanisch, aber nicht ganz fehlerfrei.

»Wie auch immer«, meinte Florian. »Mit diesem Intellektuellenscheiß kann man mir nicht kommen. Aber du suchst ja auch keinen Kerl, mit dem du Vorlesestunden veranstalten kannst, oder? Was du brauchst, ist ein richtiger Mann.«

»Ja«, sagte Caroline und nahm all ihren Mut zusammen. »Aber ein richtiger Mann darf ruhig lesen können.«

»Und ein bißchen größer sein«, meinte Ollie am Nebentisch.

»Ich will dich wirklich nicht kränken«, fuhr Caroline fort. »Aber ich glaube, jetzt schon sagen zu können, daß du nicht derjenige bist, den ich mir – ähm – erhofft habe.«

»Verstehe«, sagte Florian gekränkt und krempelte seine Ärmel wieder herunter. »Meine Traumfrau ist auch nicht gerade eine verklemmte Leseratte mit Sonnenbrand.«

Caroline faßte sich an den roten Kopf und seufzte.

»Du scheinst es ja echt nicht nötig zu haben, wenn du eine Anzeige aufgibst, um es endlich mal besorgt zu kriegen«, sagte Florian.

»Jetzt reicht es aber«, wurde Ollie am Nebentisch deutlich, stand auf und klopfte Florian von hinten auf die Schulter. »Wäre nett, wenn du jetzt nach Hause gehst, Kleiner. Bevor hier mal andere ihren Bizeps auspacken.«

Ein einziger Blick auf Ollies Schultern weit, weit über ihm genügte Florian, um sich wortlos zu erheben, seine Jacke zu nehmen und auf den Ausgang zuzueilen.

Caroline legte ermattet den Kopf auf den Tisch. Die anderen zogen ihre Stühle heran und klopften ihr auf die Schultern.

»Nimm's nicht so schwer, es kommen ja noch zwei andere.«

»Immerhin fühlt der sich jetzt beschissener als du.«

»Sicher mußt du ihm nie mehr begegnen.«

»Du bist gut in der Zeit. Der nächste kommt erst in einer halben Stunde.«

Caroline mußte lachen. »Hab' nur ich das gesehen, oder war der ziemlich klein?«

»Klein ist gar kein Ausdruck«, sagte Benedikt. »Ich habe mich gewundert, daß er überhaupt über die Tischplatte gucken konnte.«

Nino brachte Käsekuchen für alle. »Ich bin froh, daß ihr euch wieder vertragt.«

Caroline aß vor lauter Aufregung zwei Stück Kuchen. »Auf diese Weise bin ich endlich mal wieder satt geworden.«

»Der nächste ist bestimmt netter«, sagte Franziska, als sie sich alle wieder auf ihre Plätze gesetzt hatten. »Obwohl das ja kein Kunststück wäre. Daniel heißt der Typ, und wir wissen immerhin über ihn, daß er Squash spielt, Bukowski liest und Biologielehrer werden will.«

Daniel war unverkennbar, schon durch die Zeitung, die er an seine Brust drückte, und den suchenden Blick, den er durch das Lokal schweifen ließ. Aber er kam zehn Minuten zu spät. Das bedeutete, daß Caroline ihn nach spätestens einer Viertelstunde wieder loswerden mußte, damit er dem nächsten nicht in die Arme lief. Zögernd stand er in der Tür, schaute sich alle Menschen im Lokal gründlich an. Nervös winkte Caroline mit der Zeitschrift, und da kam Daniel an ihren Tisch. Er war ein nett aussehender Typ mit Brille und kurzgeschnittenen dunklen Haaren.

»Hallo«, sagte er.

»Hallo«, erwiderte Caroline. »Du bist sicher Daniel.«

Der Typ nickte.

»Ich heiße Caroline. Ich glaube, das hatte ich am Telefon gar nicht gesagt.«

Daniel schüttelte den Kopf.

»Willst du dich nicht setzen?« fragte Caroline.

Nickend nahm Daniel Platz.

»Das ist schon merkwürdig, jemanden zu treffen, den man gar nicht kennt, nicht wahr?« insistierte Caroline.

Daniel nickte.

Caroline betrachtete ihn mit zunehmender Verzweiflung und nahm einen Schluck aus ihrer Kaffeetasse. Hinter Daniels Rücken zeigte Ollie mit dramatischer Geste auf seine Armbanduhr.

»Hm«, machte Caroline. »Vielleicht sollten wir uns etwas voneinander erzählen, damit wir uns besser kennenlernen. Möchtest du anfangen?«

Daniel zuckte mit den Schultern.

»Also, du spielst Squash, nicht wahr?« fragte Caroline, und Daniel nickte. »Und du studierst Biologie?«

Daniel nickte.

Caroline seufzte. So kam sie nicht weiter. Sie mußte Fragen stellen, die man anders als mit Nicken, Kopfschütteln oder Schulterzucken beantworten konnte. Die berühmten W-Fragen, die mit Wer, Wie, Wo, Was oder Warum beginnen.

»Warum hast du auf meine Anzeige geantwortet?« fragte sie.

Daniel zuckte mit den Schultern. »Hat mir gefallen«, murmelte er.

»Wie bitte?« fragte Matilda am Nebentisch. »Der sollte ein bißchen lauter reden. Man versteht ihn ja kaum.«

»Ah ja«, sagte Caroline. »Und warum hat dir die Anzeige gefallen?«

»Weiß nicht«, antwortete Daniel.

Caroline verlor die Geduld. »Weißt du denn, warum du hergekommen bist?«

Daniel nickte.

»Du redest wohl nicht viel, was?«

»Nö.« Daniel schüttelte den Kopf.

»Na ja, ich finde aber, daß man sich mit einem Mann auch unterhalten können muß«, sagte Caroline.

»Kann gut zuhören«, erwiderte Daniel. Das war der bisher längste Satz in diesem Gespräch, und Caroline sah hoffnungsvoll zu ihm auf.

»Tatsächlich? Bei wem zum Beispiel?«

Daniel hob die Schultern. »Bei allen.«

Da beschloß Caroline, das Gespräch abzukürzen: »Hattest du schon mal eine Freundin? Wenn ja, wieso hast du sie jetzt nicht mehr? Wie lebst du so? In einer WG, oder hast du eine Wohnung? Gehst du gern italienisch essen? Magst du Doggen?« Erwartungsvoll hielt sie die Luft an.

»Geht so«, sagte Daniel.

Ollie hinter ihm zeigte wieder auf die Uhr.

»Tja«, meinte Caroline kapitulierend. »Ich weiß nicht, ob es dir auch so geht, aber ich fürchte, zwischen uns stimmt einfach die Chemie nicht.«

Ohne hinzusehen, wußte sie, daß Daniel die Schultern hob und senkte. »Weißt du, ich will dich nicht kränken, oder so«, fuhr sie fort. »Aber ich wäre jetzt gern allein. Verstehst du das?«

Daniel nickte.

Caroline betrachtete ihn unglücklich. »Also, wärst du so nett und würdest jetzt bitte gehen?«

Daniel erhob sich nickend. »Tschüs«, sagte er.

Alle außer Caroline sahen ihm hinterher.

»Der watschelt ja«, meinte Matilda. »Guck doch mal, Caroline.«

Aber Caroline weigerte sich, noch einen einzigen Blick auf den Typ zu werfen. Er sollte einfach nur gehen und nie wieder ihren Weg kreuzen. In der Tür stieß er mit Cornelius zusammen, der noch in Anzug und Krawatte war.

»Was hab' ich verpaßt?« fragte er.

Caroline antwortete nicht. Sie hatte den Kopf auf den Tisch gelegt und hämmerte mit ihren Fäusten auf die Tischplatte.

»Du bist dem letzten noch begegnet, sah süß aus«, sagte Franziska. »Aber ich glaube, er hat Caroline auch nicht gefallen.«

»Wieso nicht?«

»Er watschelte«, informierte ihn Peggy.

»Sonst nichts?«

»Wir haben ja auch nur die Hälfte mitgekriegt«, beschwerte sich Matilda. »Die haben so leise gesprochen.«

»Das stimmt.« Benedikt und Ollie rückten kurzerhand die Tische näher zusammen. »So, vom nächsten werden wir jeden Atemzug hören.«

»Ihr konntet nichts hören, weil er nichts gesagt hat. Er hat einfach nichts gesagt!« Caroline faßte sich an die Stirn. »Es ist mir selbst schleierhaft, warum ich das hier tue.«

Fabian betrachtete sie mitleidig. »Nur noch einer, und du hast es geschafft.«

»Wir verteilen uns besser auf zwei Tische«, schlug Peggy vor. »Das ist unauffälliger.«

Caroline richtete sich auf. »Noch ein Hochstapler oder Idiot, und ihr könnt mich in die Klapsmühle einweisen«, sagte sie. »Ich muß mal aufs Klo.«

»Beeil dich aber«, warnte Benedikt. »Wolfgang, also Nummer drei, kommt in vier Minuten.«

Er und die anderen rückten die Stühle zurecht. Franziska und Cornelius setzten sich an einen separaten Tisch. Cornelius bestellte einen Cappuccino, Franziska ihre vierte Apfelsaftschorle.

»Ich habe eben mein Flugticket bekommen«, berichtete Cornelius. »Ich fliege in zwei Wochen.«

»Oh«, sagte Franziska und mußte ganz plötzlich wieder mit einem Kloß im Hals kämpfen. »Das ist ja schon bald.«

»Ja«, seufzte Cornelius, »ich weiß. Ich hab' versucht, vorher wenigstens noch etwas Urlaub zu bekommen, um mehr Zeit für uns beide zu haben, aber das ist im Augenblick einfach nicht drin. Bist du sehr traurig?«

»Ach was!« log Franziska. »Es sind ja bloß drei Monate.«

»Vier«, korrigierte Cornelius. »Die wollen, daß ich bis Ende Mai da unten bleibe. Hatte ich dir das noch nicht gesagt?«

»Nein«, seufzte Franziska. »Das hattest du noch nicht gesagt.« Jetzt war sie kurz davor, in Tränen auszubrechen. Aber Cornelius sah so unbekümmert aus, daß sie sich lächerlich vorgekommen wäre. Sie zählte die Tee- und Kaffeeflecken auf dem Tischtuch. Zählen war gut gegen Tränen. Im Kino zählte sie immer die Sitzplätze, wenn's traurig wurde.

»Außerdem können wir uns in dieser Zeit ja auch ein paarmal sehen«, sagte Cornelius. »Zum Beispiel an den Wochenenden. Und wenn du Lust hast, dann treffen wir uns mal für ein paar Tage in London. Da wolltest du doch immer schon mal hin. Wäre das nichts?«

»Siebzehn«, sagte Franziska und versuchte ein Lächeln.

Cornelius lächelte kopfschüttelnd zurück. »Du bist schon irgenwie seltsam«, meinte er. »Oh, ich glaube, unsere Theatervorstellung geht weiter.«

Er hatte recht, soeben war Kandidat Nummer drei in der Tür erschienen. Man erkannte ihn sofort an der *Prinz*, die er wie eine Trophäe vor sich hertrug.

»Er sieht ein *bißchen* bescheuert aus«, konstatierte Matilda am Nebentisch. »Das konnte man auf dem Foto nicht sehen.«

Peggy und Fabian nickten zustimmend. »Dieses weiße Krägelchen über dem dunkelblauen Strickpullover weist auf einen verklemmten Charakter hin«, behauptete Peggy. »Caroline sollte die Zeitschrift am besten unter dem Tisch verschwinden lassen, ehe es zu spät ist.«

Aber Caroline war zu langsam. Der Typ im dunkelblauen Pullover kam direkt auf sie zu.

»Chiffre drei acht neun fünf zwo?« fragte er lächelnd.

Caroline lächelte zurück. »Ich glaube, ja«, sagte sie.

»Ich bin Wolfgang Meier«, stellte sich der Typ vor. »Mit e i. Freut mich sehr, Ihre Bekanntschaft zu machen.«

»Lieber Himmel«, flüsterte Franziska. »Der siezt sie!«

»Ähm, ja, mich auch«, sagte Caroline.

Wolfgang Meier setzte sich, nachdem er seinen Mantel sorgfältig über die Lehne des Nachbarstuhls drapiert hatte. Er bestellte einen koffeinfreien Kaffee.

»Und nun zu uns«, sagte er. »Diese Anzeige von Ihnen hat mich sehr beeindruckt. Nicht jeder in unserer Generation kann sich noch so offen zur Jungfräulichkeit bekennen. Ja, für manche scheint es geradezu ein Makel zu sein.«

»Äh«, murmelte Caroline.

»Dabei ist es genau das Gegenteil. Die körperliche und seelische Unschuld ist eine Tugend, gerade in der heutigen Zeit. Ich habe mir immer fest vorgenommen, nur eine Jungfrau zu heiraten. Ich selber habe mich auch noch niemandem hergeschenkt. Ich habe es mir aufgespart für eine Frau, die es wert ist und die die gleichen moralischen Grundsätze hat wie ich.«

»Oh«, sagte Caroline entsetzt.

Ihre Freunde am Nachbartisch krümmten sich vor unterdrücktem Gelächter. Matilda stopfte sich sogar einen Tischtuchzipfel in den Mund, um nicht laut herauszuplatzen.

Wolfgang griff kühn nach Carolines Hand. »Ich bin froh, daß ich diese Frau endlich getroffen habe. So was spürt man sofort.«

»Jetzt weiß ich es«, platzte Caroline heraus. »Versteckte Kamera, stimmt's?«

»Niemals würde ich so etwas ohne Ihre Zustimmung tun«, erwiderte Wolfgang ernst. »Draußen im Auto wartet meine Mutter. Sie war genauso gespannt auf Sie wie ich. Meinen Sie, ich könnte sie hereinbitten, damit sie sich zu uns setzt?«

Am Nebentisch fiel ein Glas um. Die anderen amüsierten sich offensichtlich königlich. Auf meine Kosten, dachte Caroline grimmig und beschloß, der Komödie ein Ende zu bereiten.

»Nein«, sagte sie. »Besser wäre, Sie würden zu Ihrer Mutter ins Auto steigen und wegfahren.«

Wolfgang verstand nicht recht. »Sie müssen nicht schüchtern sein«, sagte er. »Meine Mutter ist eine wundervolle Frau. Sie wird Ihnen garantiert gefallen.«

»Okay, wenn Sie nicht gehen wollen«, sagte Caroline, »dann werde ich eben gehen.« Sie erhob sich, nahm ihre Jeansjacke von der Lehne und spazierte einfach aus dem Bistro.

Wolfgang und die anderen sahen ihr mit offenem Mund hinterher.

# 6.

Am Tag nach den drei denkwürdigen Begegnungen der dritten Art kamen Franziska und Caroline zur gleichen Zeit nach Hause. Sie trafen sich im Hausflur vor dem Briefkasten.

»Nun mach schon«, sagte Franziska ungeduldig. »Heute muß eine neue Ladung drin sein. Ich meine, es kann nicht angehen, daß diese Anzeige nur von Nieten gelesen wurde.«

»Dann wollen wir mal sehen«, sagte Caroline und versuchte, den Briefkasten mit ihrem Rücken vor Franziskas neugierigen Blicken zu schützen. »Was haben wir denn da? Die Telefonrechnung, einen Brief für Matilda aus Italien und . . .«, sie zog einen großen braunen Umschlag heraus, ». . . Nachschub!«

»Wunderbar«, freute sich Franziska. »Das ist besser als Kino. Da läuft im Augenblick sowieso nichts Besonderes.«

Kaum hatten sie es sich am Küchentisch bequem gemacht, kam auch Matilda nach Hause. Sie war ausgesprochen gut gelaunt.

»Ihr glaubt nicht, was ich in der Konstantinstraße entdeckt habe!« rief sie und warf eine braune Papiertüte quer über den Tisch.

»Einen Laden für Papiertüten?« riet Franziska.

Matilda lachte. »O nein, o nein! Es ist ein Voodoo-

Laden. Ein richtiger Voodoo-Laden. Dort kann man alles kaufen, was das Hexenherz begehrt und was bis jetzt aufzutreiben geradezu ausgeschlossen war.«

»Wie zum Beispiel Krötenbeine oder den Samen eines rechtschaffenen Priesters?« erkundigte sich Franziska. »Na, wunderbar! Uns stehen herrliche Tage bevor.«

Caroline seufzte. »Langsam würde ich es begrüßen, wenn du dich wieder einem neuen Hobby zuwenden würdest. Puzzlespiele zum Beispiel oder Telefonkartensammeln. Wäre das nichts?«

»Du mußt gerade meckern«, sagte Matilda. »Was meinst du, was hier drin ist? Lauter Sachen für dich. Damit du endlich den Traumtyp kennenlernst. Oh, da sind ja neue Briefe angekommen! Wartet, noch nichts öffnen. Wir können jetzt gleich einen Zauber ausprobieren, damit auch ganz bestimmt was dabei ist.«

»Spinnst du?« Franziska tippte sich an die Stirn. »Du glaubst doch nicht, nur weil du jetzt den an Neumond ausgerenkten Fuß einer Kröte über den Briefen schwingst, daß sich dadurch etwas am Inhalt ändert!«

»Ungläubige«, seufzte Matilda. »Dann muß ich meinen Zauber eben im verborgenen ausüben.«

»Ja, bitte«, sagte Caroline und öffnete den ersten Brief.

»Darf ich auch?« fragte Matilda.

»Bitte bedient euch. Es sind genug Briefe für alle da.«

Eine Weile waren alle beschäftigt. Wie von selbst bildeten sie zwei Stapel. Ab und zu kicherte oder stöhnte eine von ihnen vor sich hin.

»Ich habe vier, die in Frage kommen«, sagte Matilda schließlich und hielt ihnen vier Fotos hin.

Caroline betrachtete sie nacheinander. »Igitt«, rief sie dann. »Kann es sein, daß du kein bißchen wählerisch bist, Matilda?«

»Ich schätze, das ist Geschmackssache«, sagte Franziska. »Matilda findet ja auch diesen Aal Karsten toll.«

»Das stimmt«, seufzte Caroline. »Wenn ich nur daran denke, bekomme ich ein Herpesbläschen an der Lippe. Bei mir kommt nur der hier in Frage, Industriedesign-Student, fünfundzwanzig, süße Nickelbrille.«

»Zeig her!« Matilda nahm ihr Brief und Foto aus der Hand. »Ja, der ist okay. Allerdings sieht er aus, als wäre er selber noch Jungfrau.«

Franziska nahm den Brief an sich. »Außerdem wohnt der in Bielefeld! Den würdest du höchstens am Wochenende sehen.«

»Na gut! Der scheidet also auch aus. Was hast du denn noch?«

»Ich habe drei nette Briefe, aber nur ein nettes Foto. Und dieses Muttersöhnchen Wolfgang hat ein zweites Mal geschrieben. Ist das nicht rührend? Du hättest vergessen, ihm deine Telefonnummer zu geben.«

»Vergessen ist gut«, schnaubte Caroline. »Ich war zwar ziemlich durcheinander, aber nicht geistig umnachtet. Zeig mal die anderen.«

Franziska schob ihr drei Briefe und ein Foto zu. »Echt nicht übel«, meinte Caroline, nachdem sie einen Blick darauf geworfen hatte. Das Foto zeigte einen jungen Typ mit langen blonden Locken und einem gepiercten Nasenflügel. »Zu welchem Brief gehört der?«

Franziska sah sie zerknirscht an. »Das weiß ich ehrlich gesagt nicht mehr. Auf jeden Fall war dieser Brief hier ohne Foto. Das Lockenköpfchen ist also entweder der

Modellschreiner mit eigener Werkstatt oder der Lebenskünstler mit Lust am Experimentieren.«

Caroline vertiefte sich in die Betrachtung. »Nein, der Modellschreiner ist es nicht, der ist fünfunddreißig und schreibt, er habe graue Schläfen.«

»Ich steh' auf graue Schläfen«, sagte Matilda, aber niemand hörte auf sie.

»Also ist der Blondschopf hier der Lebenskünstler mit Lust am Experimentieren«, fuhr Caroline fort. »Ich schätze, das heißt, daß er ausprobiert, wie man in diesem Staat ohne Arbeit zurechtkommt, am besten auf Kosten einer gut betuchten Studentin. Nein, danke, den will ich nicht. Und der Modellschreiner ist mir zu alt.«

»Fünfunddreißig ist dir zu alt?« wiederholte Matilda ungläubig.

»Ja, denk doch mal, wenn ich fünfunddreißig bin, ist der schon fünfzig«, sagte Caroline.

»Aber, Caro, du sollst ihn doch nicht heiraten, du sollst nur mit ihm schlafen.«

Franziska seufzte. »Dann kommt nur der dritte in Frage, leider ohne Foto.«

»Die Fotos haben bisher eigentlich nur getäuscht. Oder glaubst du, ich hätte diesen Wolfgang angerufen, wenn er ein Ganzkörperbild geschickt hätte?« Caroline und Matilda beugten sich über den letzten Brief. Es war gar kein richtiger Brief, sondern eine Postkarte, auf der ein großes grünes Blatt abgebildet war. Darauf hatte jemand mit Buchstabennudeln »Ruf doch mal an!« und eine Telefonnummer geklebt.

»Vielleicht einer von der Telekom?« fragte Franziska. »Aber das ist doch echt mal was anderes.«

»Wie süß!« sagte auch Matilda. »Da muß er Stunden für

gebraucht haben. Vielleicht hat er sich die Nudeln sogar vom Mund abgespart!«

»Aber da steht noch nicht mal, wie alt er ist«, wandte Caroline ein.

»Egal«, rief Matilda. »Wenn du ihn anrufst, wissen wir sofort Bescheid. Ähm – ich meine, du weißt sofort Bescheid.«

»Diesmal wird aber keiner dabei zuhören«, sagte Caroline. »Ich werde das Telefon mit in mein Zimmer nehmen, und ihr werdet nicht an der Tür lauschen.«

»Als ob wir so was täten«, empörten sich Franziska und Matilda.

Caroline schwieg bedeutungsvoll, schleppte das Telefon in ihr Zimmer und schloß die Tür mit Nachdruck. Franziska und Matilda blieben eine Weile unschlüssig in der Küche sitzen.

»Ob man was hört, wenn man das Ohr an die Tür legt?« fragte Matilda dann.

Franziska schüttelte mißmutig den Kopf. »Nicht genug«, sagte sie.

»Dann gehe ich jetzt in mein Zimmer und mache diesen Liebeszauber, den ich für Caroline eingekauft habe. Wenn alles klappt, verlieben sie sich noch am Telefon ineinander.« Tatendurstig sprang Matilda auf, um mit ihrer Papiertüte nach nebenan zu eilen.

Franziska sah ihr besorgt hinterher. »Offensichtlich glaubt sie wirklich daran«, murmelte sie. »Es wird immer schlimmer mit ihr.«

Aus Carolines Zimmer drang Gemurmel. Franziska ärgerte sich, daß sie nichts verstehen konnte. Leise schlich sie näher an die Tür heran und legte das Ohr direkt an das Holz.

»War das nicht eine schreckliche Arbeit, die Nudeln aufzukleben?« hörte sie Caroline fragen. »Die Dinger sind so klein, sicher klebten sie ständig an deinen Fingern fest.«

Der Typ mußte eine witzige Antwort gegeben haben, denn Caroline lachte wieder laut. Es klang völlig unverkrampft.

Franziska grinste. Bei diesem Typ hatte sie gleich ein gutes Gefühl gehabt. Zufrieden zog sie sich wieder in die Küche zurück.

Nebenan las Matilda angestrengt die Anleitung für den Liebeszauber aus dem Voodoo-Laden. Eilig mischte sie die verschiedenen Pülverchen ineinander. Manche davon rochen ziemlich widerwärtig.

»Den Schwefel zum Schluß mit der nötigen Konzentration unterheben«, stand in der Anleitung. Matilda, die ab und zu auch in Kochbüchern las, hielt sich selten an Anleitungen. Am Ende kam doch alles zusammen, und schmecken tat es auch immer.

»Semiramis, Potephatis«, sagte sie und leerte die Schwefelpulvertüte in ihre Salatschüssel. »Und jetzt das Wasser, alles mit der nötigen Konzentration auf den Typ am Telefon.«

Das Wasser traf mit einem lauten Zischen auf das Pulver. Die Schüssel schien förmlich zu explodieren. Matilda hustete. Die Luft im Raum war voll von gelblichem Staub.

»Das ist irgendwie nicht ganz richtig«, murmelte sie. »Es hätte flüssig werden müssen und nicht staubig! Und es hätte in der Schüssel bleiben müssen.«

Der gelbe Staub roch nach dem Schwefel und etwas anderem Unangenehmen, was vorher noch nicht dagewesen war. Der Geruch zog unter der Türritze hindurch und stach Franziska in der Küche in die Nase. Sie wußte sofort, wo er herkam. Wütend stürzte sie in Matildas Zimmer.

»Was ist denn hier los?« Ohne eine Antwort abzuwarten, ging sie schnurstracks weiter zum Fenster, das sie ungeachtet der Außentemperaturen weit aufriß. »Tilda, hast du sie nicht mehr alle? Das riecht echt giftig. Irgendwann werden wir an deinen Zaubertränken zugrunde gehen.«

»Es ist irgendwie schiefgegangen«, wiederholte Matilda. »Vielleicht habe ich die falsche Formel benutzt. Manchmal wird ein Zauber durch negative Schwingungen behindert. Ich habe sie deutlich gespürt.«

»Das war sicher ich«, sagte Franziska böse. »Ich bin voll negativer Schwingungen. Noch so ein Betriebsunfall, und ich schmeiße jede einzelne Hexenzutat aus dem Fenster und dich hinterher.«

Die Staubwolke verzog sich nur langsam.

»Da ist was schiefgegangen«, sagte Matilda wieder. »Dabei habe ich alles nach Vorschrift gemacht. Das Wasser ganz zum Schluß. Aber es hat sich nicht verbunden, es hat nur gestaubt.«

»Du Dumme, hast du in Chemie nie aufgepaßt? Erst das Wasser, dann die Säure, sonst passiert das Ungeheure, das weiß doch jedes Kind. Nur du nicht, du Voodoo-Hexen-Amateurin!«

»Welche Säure?« Matilda machte ein zerknirschtes Gesicht. »Ich wollte Carolines ersten Kontakt positiv unterstützen. Ich hoffe nicht, daß ich jetzt das Gegenteil bewirkt habe.«

»Das glaube ich nicht«, erwiderte Franziska. »Sie telefonieren schon über eine Stunde miteinander. Glücklicherweise ist es ein Ortsgespräch. Diesmal habe ich ein gutes Gefühl.«

Matilda runzelte die Stirn und schwieg.

Nebenan legte Caroline verwirrt den Hörer auf. Unschlüssig rieb sie sich das Ohr. »Ich bin fertig!« schrie sie dann.

Franziska und Matilda kamen ins Zimmer gelaufen.

»Und?« fragte Matilda.

Caroline grinste sie beide an. »Ich fürchte, ich habe mich soeben in eine Stimme verliebt.«

»Wie alt? Was macht er? Hat er ein Holzbein?« fragte Franziska.

»Fünfundzwanzig, Schreinergeselle, und da er surft und Tennis spielt, nehme ich an, daß er keinerlei körperliche Gebrechen hat.«

»Und was ist mit seiner Mutter?« fragte Matilda in Gedenken an Wolfgang.

»Er ist ein Waisenkind«, sagte Caroline. »Seine Eltern sind vor zehn Jahren bei einem Autounfall gestorben.«

Franziska und Matilda freuten sich. »Na, siehst du, besser kann es ja gar nicht sein.«

»Er heißt Marc mit c am Ende und kommt am Donnerstag her. Wir gehen zusammen weg; wohin, wollte er sich noch überlegen.«

Caroline strahlte. »Aber irgendwohin, wo wir in Ruhe reden können. Ist das nicht toll? Sagt mal, wonach riecht es hier eigentlich?«

Matilda schnupperte in die Luft. »Ich rieche nichts«, sagte sie.

# 7.

Am Donnerstag war Caroline nicht in der Lage, zur Uni zu gehen, obwohl sie laut Stundenplan vier Seminare besuchen mußte. Sie stand um halb sechs auf und begann die Wohnung zu putzen. Als Franziska zwei Stunden später in die Küche kam, traute sie ihren Augen nicht. Caroline hatte alle Schränke ausgeräumt und war dabei, die Regalböden mit Lauge abzuwaschen. Der Kühlschrank war ebenfalls leegeräumt und dabei abzutauen, das erste Mal, seit er in diese Wohnung getragen worden war.

»Was tust du?« fragte Franziska entsetzt.

»Siehst du doch«, antwortete Caroline. »Das war längst fällig. Was meinst du, wie viele Sachen ich wegschmeißen mußte, weil das Mindesthaltbarkeitsdatum abgelaufen war?«

Franziska starrte sie an. »Ist alles in Ordnung mit dir?«

»Natürlich«, sagte Caroline. »Nur weil ich mal für Ordnung sorgen will, heißt das nicht, daß ich den Verstand verloren habe. Ich werde den Farn im Badezimmer umtopfen und die Handtücher neu falten und farblich sortieren. Dann wollte ich endlich mal mit einer Rasierklinge den Schmutz aus den Kachelfugen entfernen. Ach ja, und den Staubsaugerbeutel wechseln, die Badewanne entkalken und die Bücher in meinem Regal der Größe nach sortieren. Fällt dir noch was ein?«

»Wie wäre es, wenn du unseren Altpapierkarton durchsehen und das Altpapier der Größe nach sortieren würdest«, schlug Franziska vor.

»Gut, daß du mich daran erinnerst«, sagte Caroline. »Das Altpapier muß zu den Containern gebracht werden, ebenso der Kunststoff und das Glas. Ich werde noch mal durchschauen, ob Matilda nicht wieder überall den Korken in die Weinflaschen geschoben hat. Das macht sie manchmal.«

Franziska tippte sich an die Stirn. »Machst du das alles wegen dieses Typs?«

»Seinetwegen und weil ich es selber gern ordentlich habe, wie du weißt.«

»Aber Caroline, ihr werdet irgendwo hingehen. Der kriegt nur den Flur zu sehen, allenfalls noch dein Zimmer. Aber er wird wohl kaum die Gelegenheit haben, in unsere Küchenschränke zu schauen!«

»Der erste Eindruck entscheidet«, sagte Caroline starrsinnig. »Man kann ihn niemals mehr revidieren.«

»Garantiert haßt er Putzteufel. Das tut jeder Mann«, meinte Franziska. »Wenn du so weitermachst, hast du heute abend Spülhände und Kreuzschmerzen. Du solltest die Zeit sinnvoller nutzen, um das Beste aus deinem Typ zu machen. Eine Haarkur, eine Gesichtsmaske, Halswickel, Wechselduschen, Selbsthypnose vor dem Spiegel, Beine enthaaren, Zehennägel lackieren, Klamotten anprobieren, was man eben so tut vor einer solchen Verabredung. Jedenfalls, wenn man normal veranlagt ist.«

»Bis Mittag müßte ich hiermit fertig sein«, sagte Caroline. »Dann brauche ich nur noch die Fenster zu putzen und Türen und Türrahmen heiß abzuwaschen. Und dann, wenn der Boden feucht gewischt ist, kümmere ich mich um meinen Körper.«

»Jetzt mach aber mal einen Punkt, Caroline. Kein Mann der Welt legt Wert auf eine saubere Wohnung, zumal dann nicht, wenn es nicht seine eigene ist und er sie überhaupt nicht sieht. Wenn du nicht sofort den Lappen aus der Hand legst, rufe ich einen Krankenwagen.«

»Warum läßt du mich nicht einfach in Ruhe?« fragte Caroline erregt und wischte energisch über das letzte Schrankfach. Dann begann sie, die abgestaubten und aussortierten Lebensmittelpackungen der Größe nach in den Schrank zu räumen.

Franziska gab nach. Kopfschüttelnd zog sie sich ins Bad zurück. Auch hier hatte Caroline bereits ihre Spuren hinterlassen. Es roch durchdringend nach Essigreiniger, die Armaturen blinkten ungewohnt. Franziska beschloß, darauf keine Rücksicht zu nehmen. Sie hatte schließlich heute ebenfalls eine wichtige Verabredung. Und zwar mit dem eigenen Freund. Bevor jemand für vier Monate von der Bildfläche verschwand, mußte man ihm noch ein paar schöne Erinnerungen mitgeben, damit er einen auch wirklich als reizend und lieblich im Gedächtnis behalten würde.

Bis zu Cornelius' Abreise waren es nur noch zehn Tage – und das sollten ganz besondere zehn Tage werden. Jeden Abend zusammensein, kuscheln, reden und lauter schöne Dinge unternehmen, die Cornelius liebte. Dafür war Franziska sogar bereit, einen albernen Sience-fiction-Film zu sehen *und* indonesisch essen zu gehen, obwohl sie das eigentlich haßte. Am letzten Abend würde sozusagen als Höhepunkt des Ganzen die Surprise-Party steigen, die Benedikt und Ollie vorgeschlagen hatten. Heute abend wollten sie zusammen ins Kino gehen, in besagtes Weltraumabenteuer, und anschließend, in Cornelius' Wohnung, würde sie eine Flasche Champagner aus der Manteltasche zaubern und ihm die Unterwäsche vorführen, die sie erst gestern gekauft hatte.

Franziska lächelte ihrem Spiegelbild zu. Dank Carolines Putzfimmel war es klar und deutlich wie noch nie. Und was sie sah, war nicht übel. Die Unterwäsche war dunkelrot mit süßen kleinen Knöpfchen, die Cornelius alle einzeln würde öffnen müssen. Dabei würden sie den Champagner trinken und irgendeine Schmusemusik hören. Das war zwar nicht besonders originell, aber Cornelius stand auf so was. Und bei dieser Gelegenheit würde sie ihm auch endlich das Geständnis entlocken können, wie sehr er sie in England doch vermißte.

Franziska überlegte einen Augenblick, ob sie der Sache nicht etwas mehr Würze geben sollte, indem sie den Mantel direkt über die Unterwäsche zog, aber diese Idee verwarf sie gleich wieder. Es gab mehrere Gründe, die dagegen sprachen. Der erste und einleuchtendste war die Außentemperatur. Die lag irgendwo knapp über Null. Außerdem sollte man nicht gleich am ersten Abend sein ganzes Pulver verschießen, zumal zu befürchten war, daß Cornelius ein klein wenig befremdet wäre, wenn er feststellte, daß Franziska sozusagen in aller Öffentlichkeit gegen Sitte und Anstand verstieß. Er war eben ein bißchen spießig, der Gute. Trotzdem würde sie ihn sehr vermissen, und das konnte sie ihm ja auch sagen. Jedenfalls, wenn er es zuerst sagte.

Als Franziska am späten Nachmittag von der Sporthochschule zurückkam, war es in der Wohnung so sauber und ordentlich, daß sie nicht mal wie gewöhnlich ihren Rucksack in die Ecke zu pfeffern wagte. Statt dessen hängte sie ihn an einen Haken an der Tür in ihrem Zimmer.

»Ist das nicht grauenhaft?« flüsterte Matilda. »Hier sieht es aus wie in einem Museum, nur viel weniger staubig.«

»Wo ist Caroline?« wollte Franziska wissen.

»Sie ist seit einer halben Stunde im Badezimmer und sagt immer die gleichen Sätze vor sich hin: ›Ich bin schön! Ich bin unwiderstehlich! Ich bin begehrenswert. Ich habe keinen Grund, mich minderwertig zu fühlen.‹ Es ist schrecklich.«

»Das hat sie in einem ihrer Psychologiebücher gelesen«, sagte Franziska.

»Im Küchenschrank sind die Lebensmittel der Größe nach sortiert«, flüsterte Matilda. »Als ich das Knäckebrot nicht wieder im rechten Winkel zur Mehltüte einsortierte, hat sie mich angeschrien, ich würde immer alles zerstören! Meinst du, wir müssen uns ernsthaft Sorgen machen?«

»Nein«, erwiderte Franziska. »Wenn sie diesen Typ getroffen hat, dürfen wir wieder ganz normal mit ihr umgehen. So lange allerdings hat sie ein Anrecht auf ein bißchen Rücksichtnahme.«

»Also gut«, sagte Matilda. »Dann gehe ich jetzt in mein Zimmer zurück und verhalte mich ruhig.«

»Tu das«, sagte Franziska. Vorsichtig klopfte sie an die Badezimmertür. »Caro, kann ich mal reinkommen?«

»Ja, die Tür ist auf«, antwortete Caroline von innen. Sie lag in der Badewanne und hatte zwei Teebeutel auf den Augen.

»Alles okay?« fragte Franziska.

»Ich bin schön! Ich bin unwiderstehlich! Ich bin begehrenswert«, murmelte Caroline vor sich hin.

»Ja, das bist du sicher«, gab ihr Franziska recht. »Was ziehst du nachher an? Weißt du das schon?«

»Ich habe keinen Grund, mich mindertwertig zu fühlen«, sagte Caroline.

»Ich würde dir den bunten Strickpulli mit dem orangefarbenen Polokragen vorschlagen«, fuhr Franziska unbeeindruckt fort. »Der steht dir unheimlich gut. Dazu könnte ich dir meine Steppweste leihen, für drüber.«

»Ich bin schön«, sagte Caroline. »Ich bin unwiderstehlich. Danke, das ist eine gute Idee. Aber macht die Weste nicht dick?«

»Jeden außer dir«, bekräftigte Franziska.

»Willst du damit sagen, ich sei zu dünn?« fragte Caroline. »Ich bin begehrenswert. Ich habe keinen Grund, mich minderwertig zu fühlen.«

»Aber nein«, sagte Franziska.

»Nein? Meinst du, ich habe doch einen Grund, mich minderwertig zu fühlen? Vielleicht, weil ich zu dünn bin?«

»Aber nein, du bist nicht zu dünn«, redete Franziska auf sie ein. »Du bist genau richtig. Und die Weste steht dir wunderbar.«

»Okay. Ich bin schön.«

»Ja, das bist du.«

»Wie spät ist es? Ich bin begehrenswert.«

»Es ist kurz vor sechs. Wann kommt dein Typ? Marc hieß er doch, oder?«

»Ja, Marc mit c am Ende. Er kommt um sieben«, sagte Caroline. »O mein Gott, ich bin viel zu spät dran! Das schaffe ich nie.«

»Aber wieso denn? Deine Haare sind schon gewaschen, die Klamotten hast du auch ausgesucht – du mußt dich nur noch abtrocknen, schminken und anziehen. Ein bißchen Haarschaum in die Locken, fertig!«

Caroline nahm die Teebeutel von den Augen. »Ich bin unwiderstehlich«, leierte sie. »Um Gottes willen, ich bin ja krebsrot am ganzen Körper.«

»Das ist normal nach einem heißen Bad«, meinte Franziska. »Raus aus der Wanne, ich will auch noch baden.«

»Ich habe keinen Grund, mich minderwertig zu fühlen«, sagte Caroline und stieg aus der Wanne.

Franziska zog den Stöpsel heraus. Caroline wickelte sich in ein Badetuch und hüpfte vor den Spiegel. »Ich bin schön! Ich bin – o mein Gott, wie sehe ich denn aus?«

Franziska drehte sich genervt um. »Hör schon auf, Caroline, du machst mich ganz verrückt.«

»Aber sieh doch mal! Ich bin ganz fleckig!«

»Das bist du doch jedesmal, wenn du aufgeregt bist. Ich kann mich noch an deinen ersten Schultag erinnern. Du sahst aus wie ein rot-weißer Leopard. Man sollte denken, daß du dich langsam an diesen Anblick gewöhnt hättest.«

»Ich habe keinen Grund, mich minderwertig zu fühlen«, jammerte Caroline. »O doch, das habe ich wohl. Ich bin fleckig, ich bin völlig verblödet, und ich mache mir vor Angst beinahe in die Hosen. Warum habe ich mich überhaupt darauf eingelassen?«

Franziska spülte die Reste von Carolines Schaumbad aus der Wanne und ließ dann frisches Wasser einlaufen. »Denk doch nur an seine tolle Stimme«, sagte sie. »An das flaue Gefühl in deinem Magen. Und genieß es. Es ist aufregend und spannend!«

»Ich hasse Aufregung und Spannung. Und dieses flaue Gefühl in meinem Magen macht mich ganz irre!«

»Warum kannst du das alles nicht ganz einfach genießen?« fragte Franziska. »Langsam zweifle ich echt an deinem Verstand.«

»Oh, siehst du, du tust es auch. Ich sag' doch, ich habe tausend Gründe, mich minderwertig zu fühlen. Ich muß die ganze Zeit daran denken, wie gemein ich im Grunde zu den drei Idioten war, die ich bei *Nino's* getroffen habe. Was mache ich nur, wenn ich für diesen Marc genauso schrecklich bin, wie diese drei für mich waren?«

»Das ganze Leben ist ein Spiel«, sagte Franziska erschöpft. »Du kannst Risiken eingehen und gewinnen oder der ewige Verlierer sein. Du kannst selber entscheiden, was du sein willst.«

»Wenn er mich abserviert, bringe ich mich um«, sagte Caroline. »Auf jeden Fall werde ich niemals wieder vor die Tür gehen. Oder mit einem Mann sprechen. O mein Gott, diese Flecken werden immer schrecklicher. Guck doch mal!«

Franziska guckte. »Na ja«, sagte sie. »Versuch's mal mit Kamillenteekompressen. Es sieht wirklich ziemlich wüst aus. Und danach nimmst du ein gutes Make-up.«

»O nein«, rief Caroline entsetzt. »So kann ich meinem Traumtyp nicht unter die Augen treten. Dann sucht er doch gleich das Weite. Wußtest du, daß es für den ersten Eindruck keine zweite Chance gibt? Und daß dieser erste Eindruck in den ersten drei Sekunden entsteht? Drei Sekunden! Das ist viel zu kurz, um meine Vorzüge zu bemerken, aber lange genug, um jeden einzelnen meiner Flecken zu registrieren! Ich hasse mich! Warum muß ich auch immer diese Flecken bekommen?«

Franziska hielt sich die Ohren zu. »Caroline, du machst mich wahnsinnig. Ich möchte nicht unhöflich erscheinen, aber jammere bitte in deinem Zimmer weiter. Wenn du angezogen bist, kannst du von mir aus wieder herkommen und dich schminken, ich mache dir sogar einen Zopf, alles, was du willst. In der Zwischenzeit möchte ich aber in Ruhe baden.«

Als Caroline das Bad verlassen hatte, war es für eine halbe Stunde ruhig. Franziska hatte Zeit, sich in Ruhe einzucremen und die Zehnägel in dem dunklen Rot-Ton zu lackieren, den auch die Unterwäsche hatte. Erst ein verzweifelter Hilfeschrei holte sie aus dem Badezimmer.

»Hilfe! Franziska!« rief Matilda. »Komm schnell! Caroline macht mich noch wahnsinnig. Sie sagt, sie kann dem Typ nicht gegenübertreten, sie habe Flecken und jetzt auch noch Blähungen.«

»Das stimmt leider«, sagte Caroline, schon in Klamotten und Schuhen. »Ich kann unmöglich gehen. Stell dir vor, wir sitzen in einem Restaurant, und ich muß pupsen. Wenn er das hört, kann er sich unmöglich in mich verlieben!«

Franziska und Matilda tauschten besorgte Blicke. »Wir hätten ihr ein Beruhigungsmittel geben müssen«, flüsterte Matilda. »Die dreht total durch.«

»Caroline!« sagte Franziska streng. »Als ob du laut pupsen müßtest! So was Albernes. Du bist wirklich paranoid.«

»Nein«, verbesserte Caroline. »Ich bin phsychotisch, nicht paranoid. Paranoia ist Verfolgungswahn.«

»Ja, und den hast du«, widersprach Matilda. »Du fühlst dich von deinen Blähungen verfolgt.«

»Mein ganzer Unterleib ist angeschwollen. Lauter Luft hat sich darin gebildet. Und die will natürlich raus. Meine Jeans ist mir zu eng deswegen.«

»Du spinnst doch, Caroline«, sagte Franziska. »Jetzt

gehst du auf der Stelle ins Badezimmer und schminkst und kämmst dich. Der Typ kann jeden Augenblick hier sein.«

Zu zweit schubsten sie Caroline vor den Spiegel. Als sie sich darin erblickte, brach sie in Tränen aus. »So soll ich ihm unter die Augen treten?« schrie sie. »Ich sehe aus, als hätte ich mittelschwere Verbrennungen erlitten. Niemals wird er sich so in mich verlieben.«

»Halt still«, befahl Franziska, und Matilda reichte ihr getönte Tagescreme, die sie sorgfältig in Carolines Gesicht verteilte. »Heul nicht mehr, sonst verwischt alles.«

»Puder und Pinsel«, sagte Matilda und reichte ihr beides. Sie arbeiteten eine Weile schweigend wie ein eingespieltes Operationsteam. Franziska war der Arzt, Matilda die OP-Schwester. Und Caroline war der Patient.

»Wir hätten ihr besser eine Vollnarkose gegeben«, meinte Matilda, als Caroline während der Prozedur wieder zu heulen begann. »Rouge ist wohl überflüssig in diesem Fall, oder was meinen Sie, Herr Doktor?«

»O Gott«, schniefte Caroline. »Die Flecken sind immer noch da, und jetzt hab' ich auch noch rote Augen. Außerdem muß ich mal.«

»Gut«, sagte Franziska am Rande eines Tobsuchtsanfalls. »Du gehst aufs Klo, Matilda und ich warten draußen. Und wenn du fertig bist, dich gekämmt und die Wimpern getuscht hast, kommst du raus, und wir trinken ein Glas Sekt in der Küche, bis Marc kommt.«

Caroline nickte schniefend. »Gut«, sagte sie.

»Meine Güte«, machte sich Matilda in der Küche Luft. »Sie war ja immer schon gestört, was so was angeht, aber so habe ich sie noch nicht erlebt. Ich muß ihr recht geben, sie sieht grauenhaft aus. Nur einem Blinden könnte sie gefallen.«

»Schscht!« machte Franziska. »Wenn sie sich die Haare ins Gesicht kämmt, wird es schon gehen. Dicke Pickel wären schlimmer.«

»Ich weiß nicht«, murmelte Matilda. Sie holte eine Flasche Sekt aus dem Kühlschrank.

»Hey, stell die wieder hin«, befahl Franziska. »Das ist der gute Champagner, den ich für Cornelius und mich gekauft habe. Der Sekt liegt im Gemüsefach.«

Matilda stellte den Champagner zurück und öffnete statt dessen den Sekt. »Komm, wir trinken schon mal ein Gläschen«, sagte sie. »Caroline wird davon vermutlich noch fleckiger.«

»Wenn das überhaupt möglich ist«, bemerkte Franziska.

In diesem Augenblick klingelte es. Franziska und Matilda eilten beide zur Tür.

»Nein«, schrie Caroline aus dem Badezimmer. »Nicht aufmachen. Bitte!«

»Dann beeil dich. Wir können den doch nicht vor der Tür warten lassen.«

»Ich kann aber nicht«, schluchzte Caroline aus dem Bad. »Ich kann einfach nicht.«

»Caroline, jetzt reiß dich zusammen. Ich werde jetzt auf den Türöffner drücken, und du hast zwanzig Sekunden, um aus dem Bad zu kommen.«

»Nein!« schrie Caroline.

»Neunzehn, achtzehn, siebzehn«, zählte Matilda.

»Ich sterbe«, sagte Caroline hinter der Tür. »Bitte, liefert mich nicht aus. Ich würde es nicht überleben.«

Auf der Treppe hörten sie Schritte. »Fünfzehn, vierzehn, dreizehn«, zählte Matilda ungerührt weiter.

»Was sollen wir denn tun?« fragte Franziska. »Er ist gleich oben.«

»Sagt ihm, ich sei gestorben. Oder besser, ich hätte die Pest. Oder, mich gäbe es gar nicht. Sag ihm, daß du ich bist, Franziska. Bitte! Du kannst mit ihm weggehen.«

»Du spinnst ja«, zischte Franziska. »Ich muß mich heute abend um Cornelius kümmern.«

»Caroline, er steht vor der Tür«, flüsterte Matilda, und da klingelte es auch schon ein zweites Mal.

»Dann mach du es«, flehte Caroline. »Bitte, Matilda. Tu es für mich. Ich sterbe hier. Ich habe jetzt schon Flecken an den Händen. Und an den Armen! Ich hyperventiliere! Ich ersticke!«

»Schon gut«, sagte Matilda und riß die Tür auf.

Im Flur stand ein großer Mann mit dunklen Locken, einer Lederjacke und Jeans. Er sah so gut aus, daß Franziska und Matilda erst mal beeindruckt schwiegen.

»Hallo«, sagte er, und die beiden verstanden jetzt, warum Caroline seine Stimme so wundervoll gefunden hatte. Sie war tief und weich, mit einem herrlichen Timbre. »Ich bin Marc. Und wer seid ihr?«

Ich bin auf jeden Fall ein Fan von breiten Schultern, dachte Matilda. Und schöne Hände hat er auch. Franziska dachte ungefähr das gleiche. Das Schönste an ihm aber waren die langbewimperten braunen Augen.

»Hi«, begrüßte ihn Franziska. »Ich bin Franziska, Carolines Freundin. Und das hier ist – äh . . .«

»Caroline«, sagte Matilda. Im Badezimmer ertönte ein dumpfer Laut. Franziska vermutete, daß Caroline auf den Klodeckel gefallen war.

»Du bist Caroline?« fragte Marc. »Ich hatte dich mir ganz anders vorgestellt. Klein und rothaarig.«

»Öööööh«, machte Matilda. »Ja, das war ich auch mal. Klein und rothaarig. Aber nur als Kind. Später wurden die Haare dann dunkel, und ich bin gewachsen. Ziemlich gewachsen, wie du siehst.«

»Ja«, sagte Marc und lächelte. »Bist du fertig? Ich dachte, wir gehen in ein witziges Lokal, das ich kenne. Die haben dort alte Sitzbänke der Bundesbahn statt Stühle. Man denkt, man ist in einem Zugabteil, ganz ungestört, die Nachbarn können einem nicht auf den Teller gucken. Und es gibt leckere Sachen zu essen.«

»Ich bin soweit«, sagte Matilda und griff nach ihrem Mantel.

»Tja, dann viel Spaß, *Caroline*«, sagte Franziska. »Und komm nicht zu spät nach Hause.«

»Nein, keine Sorge«, erwiderte Matilda heiter. »Ach ja, da fällt mir ein, mein – ähm – mein Bruder Fabian könnte vorbeikommen. Ihr müßtet euch dann um ihn kümmern.«

»Wie bitte?« fragte Franziska. »Na gut, geht klar. Solange es nicht dein anderer – ähm – Bruder ist.«

»Ja, dann tschüs, Franziska.« Matilda klopfte im Vorübergehen an die Badezimmertür. »Tschüs, *Matilda*!«

Aus dem Badezimmer kam keine Antwort.

»Sie hört schlecht«, wandte sich Matilda an Marc, der geduldig wartete und in seiner zerschlissenen Lederjacke wirklich zum Anbeißen aussah. Ein Bild von einem Mann! Selbst die große Matilda reichte ihm gerade über die Schulter.

Als die beiden im Gleichschritt nebeneinander die Treppe hinabliefen, konnte Franziska nicht umhin, festzustellen, daß sie ein hübsches Paar abgaben. Seufzend schloß sie die Tür.

»Sie sind weg, Caro«, rief sie. »Nun komm schon raus! Du kannst schlecht im Bad übernachten, und ich muß außerdem mal.«

Zögernd öffnete Caroline die Tür. Ihre gefleckten Wangen waren tränenüberströmt. Franziska streichelte sie mitleidig. »Du bist schon ein selten blödes Schaf«, meinte sie. »Du hast ihn nicht gesehen, aber er sah echt knuffig aus.«

»Ich weiß auch nicht, was plötzlich los war«, schluchzte Caroline. »Sicher brauche ich eine Therapie.«

Franziska zuckte mit den Schultern. »Hoffen wir einfach, daß es gutgeht und Matilda ihn nicht vergrault. Wenn er später die Wahrheit erfährt, lacht er vermutlich über die ganze Geschichte.«

»Und wenn nicht?« schniefte Caroline.

»Wenn nicht, dann hat er keinen Humor, und in diesem Fall ist er auch nicht der Richtige für dich. So einfach ist das.«

»Ich bin so blöd«, sagte Caroline. »Stell dir doch nur mal vor, Matilda gefällt ihm so gut, daß er sich in sie verliebt. Alle Männer verlieben sich in Matilda.«

»Ach was!« widersprach Franziska. »Das stimmt nicht.«

»Was? Daß ich blöd bin – oder daß alle Männer sich in Matilda verlieben?«

»Beides«, sagte Franziska. »Hör mal, Süße, ich würde mich jetzt gerne um dein Seelenheil kümmern, aber Cornelius kommt in zehn Minuten, und ich habe einen echt tollen Abend für uns geplant. Es soll nicht egoistisch klingen, aber wir haben nur noch zehn Tage, und dann ist er für vier lange Monate weg. Bitte, versteh das!«

»Verstehe ich ja«, antwortete Caroline. »Oh, ich würde auch gern für vier Monate auf eine Insel gehen.«

Mit einem tiefen Seufzer schlürfte sie in ihr Zimmer. Franziska sah ihr deprimiert hinterher. Das war das Schreckliche an dieser WG: Die Sorgen und Probleme der anderen waren immer auch ein Stück weit die eigenen Sorgen. Wie sollte sie nach diesem Desaster noch einen unbeschwert romantischen Abend mit Cornelius verbringen? Ständig würde sie an die arme, unglückliche Caroline denken müssen. Trotzdem, wenigstens Cornelius sollte einen schönen Abend haben. Franziska trug seinen Lieblingslippenstift auf, einen zarten Rosenholzton, der wunderbar zu dem leuchtend blauen, tief ausgeschnittenen Pullover paßte, den Corni so an ihr mochte, und natürlich zu der neuen Unterwäsche, die sie darunter trug. Als sie Cornelius ein paar Minuten später die Tür öffnete, machte er ihr auch prompt ein Kompliment.

»Du siehst wunderschön aus«, sagte er.

Franziska strahlte ihn an. »Paß auf«, erwiderte sie eifrig, »wir haben noch genau zehn Abende zusammen, heute eingerechnet. Und ich will jeden einzelnen davon mit dir verbringen. Heute gehen wir zuerst in diesen Film, den du schon seit Wochen sehen willst, und danach zu dir nach Hause. Ich habe Champagner gekauft und eine Überraschung für dich. Aber die verrate ich dir erst nachher.«

Cornelius sah nicht besonders erfreut aus. »Das ist wirklich süß von dir«, erklärte er, »aber das geht leider alles nicht. Von den zehn Abenden sind fünf schon fest verplant. Wasserballtraining und anschließende Mannschaftsbesprechung, Mitgliederversammlung vom Verein, zweimal Sprachkurs in der Firma zum Auffrischen meiner Englischkenntnisse, und der ganze Sonntag geht für Jürgens Umzug drauf. Das habe ich ihm schon vor Monaten versprochen.«

Franziska biß sich enttäuscht auf die Lippen. Tapfer versuchte sie, sich nichts anmerken zu lassen. »Na ja, da kann man nichts machen«, resignierte sie. »Aber es bleiben uns immer noch fünf Abende, und heute ist einer davon. Komm, wir müssen gehen, ich habe im Cinedom Karten bestellt.«

»Den Champagner brauchst du aber nicht mitzuschleppen«, sagte Cornelius. »Den müssen wir nach dem Kino hier trinken.«

»Aber hier sind wir nicht ungestört«, rief Franziska. »Das weißt du doch. Wir gehen in deine Wohnung, damit niemand an die Tür klopft und irgendwas von uns will. Ich hab' doch eine Überraschung für dich.«

»Ach, Franziska, die mußt du mir hier geben, weil wir in meiner Wohnung auch nicht ungestört wären. Ich habe dir doch von dem neuen Kollegen erzählt, der eventuell für die vier Monate meine Wohnung mieten wollte. Das hat glücklicherweise geklappt. Ich mag den ganz gut leiden und weiß, daß ich ihm meine Sachen anvertrauen kann. Ich habe nur eine Kiste mit den ganz persönlichen Dingen gepackt, zum Beispiel den Fotos von dir und so, und natürlich einen Koffer mit den Sachen für Großbritannien. Alles andere kann dableiben, es stört ihn nicht. Wir haben heute nachmittag einen Untermietervertrag aufgesetzt, in dem er sich verpflichtet, zum 1. Juni wieder auszuziehen und mir die gleiche Miete zu zahlen, die ich dem Vermieter zahle.«

»Willst du damit sagen, daß der jetzt schon in deiner Wohnung wohnt?« rief Franziska aus. »Das ist ja saudämlich.«

»Ja«, erwiderte Cornelius zerknirscht. »Er wohnte bisher im Hotel und ist natürlich froh über jede Übernachtung, die er spart. Ich konnte doch nicht ahnen, daß du eine Überraschung planst, die nur in meiner Wohnung ausgepackt werden kann.«

»Und wo wohnst du so lange? Wenn du möchtest, kannst du hier schlafen, das ist überhaupt kein Problem. Auf diese Weise sehen wir uns auf jeden Fall öfter«, schlug Matilda als Ausweg vor.

»Nein, das geht nicht«, antwortete Cornelius lachend. »Ich wohne bei meiner Mutter, die hat ein Gästezimmer, das tut es für die paar Tage ganz gut. Und sie freut sich, weil sie auf diese Weise auch noch was von mir hat.«

»Oh, das ist ja fein«, sagte Franziska zunehmend aufgebracht. »Für deine Mutter hast du also Zeit! Und ich hab' wieder mal das Nachsehen!«

»Franziska, was soll das? Auf meine Mutter brauchst du wirklich nicht eifersüchtig zu sein.«

»Ich bin nicht eifersüchtig«, fauchte Franziska und raffte ihren Mantel vor der Brust zusammen. »Ich finde dich nur so was von gemein. Unter diesen Umständen bekommst du weder die Überraschung noch deinen blöden Science-fiction-Film. Wir gehen in *Irren ist männlich*, oder ich bleibe zu Hause.«

»Von mir aus gehen wir, wohin du willst«, sagte Cornelius friedfertig. »In den anderen Film kann ich immer noch nächste Woche mit Jürgen gehen. Der war da auch noch nicht drin.«

Jetzt knallte bei Franziska eine Sicherung durch. »Das reicht!« schrie sie. »Erst sagst du mir, daß wir statt zehn nur noch fünf gemeinsame Abende haben, von denen wir keinen einzigen mehr in ungestörter Atmosphäre verbringen dürfen, und jetzt willst du einen dieser fünf Abende für deinen schwachsinnigen Freund Jürgen opfern, um einen schwachsinnigen Film anzuschauen. Ich gebe mir alle Mühe, die letzten uns verbleibenden Tage so schön wie möglich zu gestalten, aber dir sind Mitgliederversammlung oder Wasserballtraining oder der Umzug deines beknackten Freundes Jürgen wichtiger als ich. Verlaß auf der Stelle diese Wohnung, oder ich erschlage dich mit diesem Stuhl!«

Cornelius seufzte. »Dir kann man es wirklich nicht recht machen, Franziska. Stell den Stuhl wieder hin, ich gehe ja freiwillig. – Womit es im übrigen nur noch drei Abende wären, an denen wir uns sehen können. Ich ruf' dich an, wenn du dich wieder beruhigt hast.«

»Ich hasse dich«, rief Franziska, noch bevor die Tür ins Schloß fiel. Mit Schwung donnerte sie den Stuhl auf den PVC-Boden. Dabei verlor er ein blau-grün gestrichenes Bein.

»Caroline?« brüllte sie dann.

Caroline gab keine Antwort. Franziska öffnete die Tür zu ihrem Zimmer. Dort lag sie immer noch regungslos auf dem Bett. Franziska warf sich daneben.

»Rate mal, wer heute abend auch noch zu Hause bleibt«, sagte sie.

»Ich hab's gehört«, seufzte Caroline. »Das war nicht zu vermeiden. Ist der Stuhl kaputtgegangen?«

»Ja, er hat ein Bein verloren«, gestand Franziska. »Man wird es wieder anleimen können.«

»Tut mir echt leid für dich.«

»Ja, wir sind beide zu bemitleiden«, sagte Franziska. »Nur Matilda verbringt vermutlich einen schönen Abend. Wie wär's, sollen wir losgehen und uns *Irren ist männlich* anschauen?«

»Nein«, sagte Caroline.

»Sollen wir uns dann beim Kiosk nebenan ein paar Tafeln Schokolade besorgen?«

»Nein«, wiederholte Caroline hartnäckig. »Laß uns einfach hier liegen bleiben und die Löcher in meinem Moskitonetz zählen.«

»Auch gut«, seufzte Franziska.

# 8.

Es klingelte an der Tür.

»Egal«, sagte Caroline und starrte weiter an die Decke.

»Mir auch«, entgegnete Franziska. »Das ist bestimmt nur Fabian. Er war mit Matilda verabredet.«

»Oh«, machte Caroline.

»Egal«, meinte Franziska. »Er wird es verschmerzen.«

Es klingelte noch einmal.

Caroline setzte sich auf. »Aber er weiß ja nicht, warum ihm niemand aufmacht«, sagte sie. »Sicher wundert er sich.«

»Egal«, wiederholte Franziska.

»Nein!« Caroline stand auf. »Er kann schließlich nichts dafür.« Sie schlürfte in den Flur und drückte auf den Türöffner.

Franziska rollte sich auf den Bauch und starrte zu ihr hinüber. »Nanu! Du bist ja gar nicht mehr gefleckt.«

Caroline faßte sich an den Kopf. »Natürlich nicht. Jetzt gibt es ja auch keinen Grund mehr. Mein Traummann ist soeben mit meiner besten Freundin losgezogen.«

In der Tür erschien Fabian. Er lächelte etwas verlegen. »Hi, Caroline. Ich wollte Matilda abholen.«

»Tja«, sagte Caroline und hob die Schultern. »Damit sieht es schlecht aus.«

»Sie ist nicht da, was?« Fabian lugte um die Ecke. »Hi, Franziska. Ich hätte schwören können, daß Matilda und ich heute verabredet waren.«

»Wart ihr vermutlich auch«, antwortete Franziska von Carolines Bett aus. »Aber sie mußte kurzfristig umdisponieren. Das ist eine längere Geschichte. Caroline wird sie dir erzählen.«

»Matilda kann nichts dafür«, sagte Caroline. »Möchtest du was trinken? Ich könnte einen heißen Kakao mit viel Rum vertragen, du auch?«

»Ja«, schloß sich Fabian an. »Das wäre jetzt nicht schlecht.«

»Für mich auch«, verlangte Franziska. »Ihr könnte ihn mir ans Bett bringen.«

Als Caroline die Wohnungstür hinter Fabian schließen wollte, stellte jemand seinen Fuß dazwischen.

»Hey«, rief Ollie von draußen. »Dürfen wir nicht reinkommen?«

»Doch«, seufzte Caroline und ließ ihn und Benedikt in die Wohnung. »Sicher wollt ihr auch Kakao mit Rum?«

»O ja«, sagte Benedikt und setzte sich zu Franziska aufs Bett. »Wir wollten mit dir über die Abschiedsparty für Cornelius reden.«

»Der hat keine Party verdient«, sagte Franziska böse.

»Sag doch so was nicht!« rief Benedikt. »Wir freuen uns schon riesig darauf.«

»Wir helfen dir auch«, sagte Ollie. »Wir kümmern uns um eine anständige Musikanlage, um CDs und darum, daß immer gute Musik läuft. Und wir kaufen und schleppen die Getränke für dich, weil du nur eine zarte Frau mit Rückenschmerzen bist.«

»Ja«, sagte Benedikt. »Aber zu diesem Service bieten

wir noch etwas ganz Besonderes. Wir sorgen für eine sturmfreie Bude!«

»Wie meinst du das?« fragte Franziska.

»Na, du glaubst doch nicht, daß wir hier ungestört eine Fete feiern dürfen«, gab Benedikt zu bedenken. »Sobald wir die Musik auch nur ein bißchen aufdrehen, wird die alte Wertheim aus dem zweiten Stock vor der Tür stehen. Und der Saftsack von Hausmeister ruft dann die Bullen. Das wird 'ne kurze Party.«

»Und was willst du dagegen unternehmen?«

»Weiß ich noch nicht genau«, sagte Benedikt. »Wenn du mit nächstem Freitag als Termin einverstanden bist, hätte ich schon was. Meine Eltern sind im Urlaub und haben mir ihre Opernkarten überlassen. Sie haben ein Abonnement, mußt du wissen, und nächsten Freitag spielen sie den *Fliegenden Holländer*. Wagner. Das ist so ungefähr das Grauenhafteste, was man sich vorstellen kann. Ich würde nicht mal hingehen, wenn ich Geld dafür bekäme. Also habe ich mir gedacht, daß wir der alten Wetterziege von unten eine Opernkarte zuschicken, anonym, mit einem Verehrerbrief und einer roten Rose. Voll kitschig, aber die Alte steht auf so was. Dann ist sie für den Abend aus dem Haus.«

»Und die andere Karte schickst du dem Kleinschmidt?« mutmaßte Franziska. »Dann sitzen die beiden einen Abend lang friedlich in der Oper nebeneinander, und hier im Haus ist nur Zerberus, der Höllenhund.« Kleinschmidt hieß der griesgrämige Hausmeister, der im Erdgeschoß wohnte, und Zerberus war seine Deutsche Dogge.

»Leider geht das nicht«, erwiderte Benedikt. »Obwohl es superlustig wäre, wenn die beiden sich da treffen würden, total enttäuscht, daß der anonyme Verehrer nur der besoffene, übergewichtige Hausmeister ist. Aber der Kleinschmidt steht auf Volkshitparade, *Melodien für Millionen*, Geißenpeter und seine goldene Trompete, da kann man ihn mit Wagner nicht hinterm Ofen hervorlokken. Aber den könnte man mit billigem Fusel bestechen. Zwei Fläschchen kippt der schon mal weg an einem Abend, und wenn die ein kleines bißchen gepanscht sind – das ist meine Spezialität –, schläft er wie ein Baby und hört nichts. Ich werd' ihm rechtzeitig was vorbeibringen.«

»Und wenn er's nicht trinkt?«

»Der trinkt alles, was ihm in die Quere kommt«, meinte Benedikt. »Und einem geschenkten Gaul schaut er sowieso nicht ins Maul.«

Caroline brachte ihnen Kakao. »Danke«, sagte Franziska. »Du bist echt lieb. Was sagt Fabian denn zu der ganzen Geschichte?«

»Er findet es lustig.« Caroline lächelte beinahe entspannt. »Er ist echt nett. Wir haben festgestellt, daß wir beide Schachfans sind. Er ist der erste Schachspieler, der mir hier in Köln begegnet ist. Er sagt, er war Meister an seiner alten Schule. Was er nicht weiß, ist, daß ich mal die Kieler Jugendmeisterschaft gewonnen habe. Wir spielen eine Partie in der Küche, mal sehen, wer besser ist.«

Zur gleichen Zeit saß Matilda in einem täuschend echt nachgemachten Abteil der Bundesbahn, nur der weißgedeckte Tisch vor ihr war anders.

»Das ist wirklich schön hier«, staunte sie. »Sogar die Blumen sind echt. Und es sind keine Nelken.«

»Magst du Nelken nicht?«

»Nein!« Matilda schüttelte den Kopf. »Ich finde, das sind die typischen Beerdigungsblumen. Nicht, daß ich was gegen Beerdigungen habe. Ich mag sie sogar. Manchmal gehe ich auf den Friedhof und tue so, als gehörte ich zu den Trauergästen. Wie in diesem Film, den Franziska so liebt, *Harold and Maude*. Ich finde das immer so herrlich traurig, dramatisch und herzbewegend. Franziska und Car . . ., äh, Matilda halten mich deswegen nicht für normal. Sie nennen mich sensationslüstern und schadenfroh. Sie verstehen mich nicht.«

»Ehrlich nicht?« Marc sah geradezu erfreut drein. »Weißt du, das ist echt komisch. Ich mache das mit den Beerdigungen auch manchmal. Ich weiß, das ist ein ziemlich morbides Hobby, aber ich habe sogar allen Ernstes mal daran gedacht, mir einen gebrauchten Leichenwagen anzuschaffen. Ich meine, die bekommt man total günstig, und Platz genug bieten die wirklich. Ich wette, damit kann man in jedem Halteverbot parken, ohne daß man ein Knöllchen kriegt.«

Matilda kicherte. »Du bist witzig«, sagte sie.

»Du aber auch.« Marc lächelte sie an. »Obwohl du ganz anders bist, als ich gedacht habe. Wirklich!«

»Was ist anders?« fragte Matilda. »Ich meine, außer den Haaren und der Körpergröße?«

»Tja«, sagte Marc. »Man macht sich so ein Bild ja ganz automatisch. Es formt sich im Kopf, ohne daß man was dafür kann. Bei dir, also nach unserem Telefonat, hatte ich ein ganz anderes Feeling. Die Ohrstecker zum Beispiel passen nicht. Es sind sieben Stück. Niemals hätte ich dir in meiner Phantasie Ohrlöcher in solchen Mengen verpaßt.«

»Vor einem halben Jahr hatte ich auch noch eines in der Nase«, teilte ihm Matilda mit. »Aber das lasse ich mir gerade zuwachsen. Was paßt noch nicht zu deiner ursprünglichen Vorstellung?«

»Die Klamotten, glaube ich. Und dieses Lachen. Ich hatte es mir verhaltener vorgestellt.«

Matilda lachte aus vollem Hals.

»Und dann der Name«, fuhr Marc fort. »Caroline ist ein sanfter Name. Er paßte zu meinem ursprünglichen Bild von dir. Ich hatte dich mir überhaupt sehr sanft vorgestellt.«

»Jaja«, sagte Matilda. »Und vermutlich rotgefleckt. Ähm, ja. Ich finde, Caroline ist ein Name für Mädchen mit roten Flecken.«

Marc lachte. Ein Kellner in Schaffneruniform brachte das Essen. Gegrillte Putenbrust mit Zuckerschoten und Möhrengemüse für Marc, und Pfeffersteak, Folienkartoffel und Salat für Matilda.

»Und Vegetarierin warst du in meiner Vorstellung auch«, grinste Marc, als Matilda genußvoll ihre Gabel in das Fleisch stach. »Ich habe mich wirklich gründlich getäuscht.«

»Schon möglich«, erwiderte Matilda lächelnd. »Erzähl mal ein bißchen was von dir. Was machst du, wenn du nicht gerade auf Beerdigungen bist?«

»Na ja, wenn ich nicht arbeite oder auf Beerdigungen bin, surfe ich oder spiele Tennis. Aber das hatte ich dir ja schon am Telefon erzählt. Nicht verraten habe ich, daß ich Cello spiele. Nicht besonders gut, aber gerne.«

»Tatsächlich?« fragte Matilda begeistert. »Ich hatte früher ein paar Jahre lang Cellounterricht. Ich mochte das Instrument, aber es war nicht das Richtige für mich. Ich bin dann auf Klavier und Gesang umgestiegen, das studiere ich jetzt an der Musikhochschule.«

»Ich dachte, du studierst Psychologie? Das hast du jedenfalls am Telefon gesagt.«

»Äh, ja auch. Aber Musik in erster Linie.«

»Das ist ja toll!« Marc freute sich darüber. »Klavier und Gesang?«

»Sopran. Meine Mutter hätte es lieber gesehen, wenn ich beim Cello geblieben wäre. Sie war sehr enttäuscht, als ich es aufgegeben habe. Sie ist Cellistin, Solisitin im Mariani-Ensemble.«

»In *dem* Mariani-Ensemble? In Mailand?« Marc war beeindruckt.

Matilda nickte. »Sie ist Italienerin. Ich auch, wenigstens zur Hälfte. Die andere Hälfte ist deutsch, rothaarig und gefleckt.«

»Das ist ja toll«, staunte Marc. »Ich bin total fasziniert von Italien. Ich mag das Land, die Sprache, die Küche, die Kunst und die Musik. Ich habe sogar einen Italienisch-Sprachkurs gemacht und mit Zertifikat abgeschlossen. Jetzt kann ich problemlos Brot und Käse einkaufen, wenn ich dort bin. Das ist wirklich komisch, alles was du magst, scheine ich auch zu mögen!«

»Italienische Opern?«

Marc nickte. »Verdi-Arien zu Pasta. Klar.«

»Die Farbe Gelb?«

»Meine Lieblingsfarbe.«

»Zebras?«

»Und Leoparden.«

»Weihnachtsstollen ohne Zitronat.«

»Und ohne Rosinen. Aber Milchreis mit Zimt.«

»Unbedingt«, sagte Matilda und strahlte. »Wir haben wirklich eine Menge gemeinsam.«

»Bis auf eins«, schränkte Marc ein und lachte. »Ich hab' *es* schon mal getan und du nicht.«

»Was meinst du?«

»Sex«, sagte Marc. »Du suchst einen Mann fürs erste Mal. Und das habe ich schon hinter mir – das erste Mal.«

Matilda schaute betreten auf ihren Teller. »Äh, tja, das ist wieder diese deutsche Seite an mir. Die mit den roten Flecken.«

»Verstehe«, sagte Marc, und Matilda hatte das gute Gefühl, daß er tatsächlich verstand.

Caroline hatte das Schachspielen nicht verlernt, wie Fabian überrascht feststellen mußte. Sie setzte ihn dreimal hintereinander in weniger als einer Viertelstunde matt, und das, obwohl sie vier Tassen Kakao mit Rum getrunken hatte, die letzten drei ohne Kakao.

»Na, wer gewinnt?« fragte Franziska, die hereingekommen war, um die Tassen zu spülen. Ollie und Benedikt waren längst gegangen.

»Caroline«, antwortete Fabian. »Sie hat schon dreimal gewonnen. Aber dieses Mal habe ich eine reelle Chance auf ein Remis.«

»Hä?« fragte Franziska.

»Ein Unentschieden«, erklärte Caroline fröhlich. »Glaubt er jedenfalls.«

»Matilda bleibt ganz schön lange weg, was?« Franziska stellte sich ans Fenster.

»Ja, wäre sie ich, würde sie längst wieder hier sein«, meinte Caroline. »Schach!«

»O nein!« rief Fabian. »Nicht schon wieder. Wo kommt denn deine Dame so plötzlich her?«

»Das haben Damen so an sich«, erwiderte Caroline und lachte. »Man kann sie einfach nicht berechnen. Noch vier Züge, und du bist matt.«

»Wo denn? Wie denn?« Fabian beugte sich über das Schachspiel.

»Da ist ein Auto gekommen«, mischte sich Franziska wieder ein. »Ein netter alter Ford. Und ratet mal, wer aussteigt?«

Caroline stellte sich neben sie. »Tatsächlich, da ist Matilda. Und der Typ. Wahnsinn, der sieht wirklich irre gut aus. Genauso hatte ich ihn mir in meinen kühnsten Träumen vorgestellt.«

»Du bist dran«, sagte Fabian, und Caroline versetzte abgelenkt ihren Springer irgendwohin.

»Ich geh' dann schon mal mir die Zähne putzen«, erklärte Franziska. »Wenn Matilda kommt, ruft mich, ich möchte nichts verpassen.«

Caroline starrte weiter aus dem Fenster. »Jetzt umarmen sie sich tatsächlich«, sagte sie und spürte plötzlich einen heftigen Stich irgendwo zwischen Herz und Magen.

»Tatsächlich?« Fabian war immer noch über das Schachspiel gebeugt. »Du bist dran.«

»Läufer auf e 7«, sagte sie.

»Bist du sicher?« fragte Fabian.

Caroline konnte den Blick nicht von den zwei Gestalten unten auf der Straße lösen. »Ganz sicher. Oh, jetzt küssen sie sich. Und Matilda hat angefangen, daß du's nur weißt.«

»Schach!« rief Fabian triumphierend.

»Sie küssen sich tatsächlich. Ich meine, so richtig! Was sagt man dazu? Matilda küßt mein Rendezvous. Meine Buchstabensuppennudel! Meine. Ganz allein meine!«

»Hey, du bist dran«, drängte Fabian.

»Stört es dich denn überhaupt nicht, daß *deine* Freundin dort unten mit einem anderen herumknutscht? Mit *meinem* Freund?«

»Noch ist es nicht dein Freund. Er hat dich ja noch nicht mal gesehen. Noch ein Zug, und du bist matt«, sagte Fabian. »Du bist dran, Caroline.«

»Jetzt steigt er in seinen Wagen. Sie haben sich lange geküßt. Mindestens zehn Sekunden. Matilda schaut ihm ganz benommen hinterher.«

»Du bist dran!«

»Dame auf d 7.«

»Du hast keine Dame mehr«, belehrte sie Fabian. »Du hättest besser aufpassen müssen. Das einzige, was du noch tun kannst, ist ein erbärmlicher Schritt mit deinem König nach links.«

»Dann mach das doch!« sagte Caroline. »Sie haben sich so lange geküßt, daß sicher die Zunge im Spiel war.« Sie schlug mit der Faust auf die Fensterbank. »Das muß man sich mal überlegen. Am ersten Abend. Und das, obwohl es überhaupt nicht *ihr* Typ ist, sondern meiner.«

»Schachmatt!« rief Fabian und rieb sich die Hände. »Sieh doch! Ich habe tatsächlich gegen dich gewonnen.«

Caroline starrte auf die Schachfiguren. »Tatsächlich«, sagte sie. »Aber ich war abgelenkt.«

»Das warst du in der Tat«, gab Fabian zu. »Und wie! Schade eigentlich. Ich geh' dann jetzt mal besser.«

»Ja«, sagte Caroline gedankenverloren.

Fabian nahm seine Jacke. »Danke für das Schachspiel. Ich gebe dir Revanche, wann immer du willst, hahaha.«

»Tschüs«, sagte Caroline, schloß die Tür hinter ihm und warf sich mit dem Rücken dagegen. »Ich drehe dieser Matilda den Hals um«, murmelte sie.

Aber Matilda ließ auf sich warten. Caroline registrierte jede Minute mit einem Zähneknirschen. Sicher hatte Matilda Fabian im Treppenhaus getroffen und knüpfte da an, wo sie und Marc aufgehört hatten. Vielleicht, mutmaßte Caroline stumpfsinnig, fuhren die beiden jetzt zu Fabians Wohnung. Nach dem langweiligen Schachspiel mit ihr brauchte er sicher etwas Aufregendes. Alle Männer waren irgendwie gleich.

Aber gerade als Caroline mit dieser deprimierenden Erkenntnis in ihr Zimmer schlürfen und weiter Löcher in ihrem Moskitonetz zählen wollte, steckte Matilda den Schlüssel ins Schloß und gleich darauf ihren Igelkopf in den Hausflur. Franziska hörte es und kam in den Flur gerannt.

»Und?« rief sie erwartungsvoll. »Wie war er?«

»Es war okay«, erwiderte Matilda. »Wir haben uns blendend unterhalten. Über Jungfräulichkeit und Verhütung und alles das. Er ist echt nett, wenn auch vielleicht nicht der Richtige für Caroline.«

»Sondern für dich, stimmt's?« zischte Caroline. »Wie jeder Mann.«

»Naja, vielleicht kann ich das nicht so gut beurteilen«, sagte Matilda. »Du hättest dich besser selber mit ihm getroffen. Deine roten Flecken scheinen jedenfalls abgeklungen zu sein.«

»Ziege!« knurrte Caroline.

»Caroline hat sich in der Zwischenzeit sehr, sehr gut mit Fabian unterhalten«, sagte Franziska. »Er ist gerade erst gegangen. Sie haben Schach gespielt.«

»Ich weiß, ich bin ihm noch begegnet«, antwortete Matilda fröhlich. »Wir hatten noch ein paar nette Minuten im Hausflur.«

»Eine Viertelstunde meinst du wohl«, verbesserte Caroline.

»Ja? Egal, jedenfalls war es nett.«

»Oh, du bist unerträglich«, rief Caroline.

»Ach ja?« Matilda lachte. »Am Ende haben wir noch den gleichen Geschmack bei Männern, was, Caro?«

»Das glaube ich kaum«, entgegnete Caroline eisig. »Mein Geschmack ist es jedenfalls nicht, meine Spielchen mit gleich drei Männern zu treiben.«

»Zwei«, verbesserte Matilda. »Den dritten habe ich nur deinetwegen getroffen, das solltest du nicht vergessen.«

»Ja – und du hast dich fürchterlich gequält, nicht wahr?« rief Caroline. »Du brauchst uns gar nichts vorzumachen. Fabian und ich haben gesehen, wie ihr euch geküßt habt! Mich wundert, daß Fabian überhaupt noch mit dir gesprochen hat.«

»Gesprochen ist gut«, sagte Matilda grinsend.

»Du hast diesen Marc wirklich geküßt?« Franziska riß die Augen auf.

»Ja, den auch. Aber nur zum Abschied«, erwiderte Matilda. »Da ist doch nichts dabei.«

»Da ist nichts dabei? Hast du vergessen, daß das Caros Traumtyp ist? Daß sie sich in seine Stimme verliebt hat?«

Matilda schüttelte den Kopf. »Nein, das habe ich nicht. Aber schließlich mußte ich doch irgendwie seine Sympathie gewinnen, sein Interesse so lange fesseln, bis Rotfleckchen hier sich bequemt, ihre Rolle selbst zu übernehmen.«

»Dafür ist es jetzt sowieso zu spät«, sagte Caroline bitter. »Wahrscheinlich ist er längst in dich verknallt, wie alle Jungs.«

»Kann ich was dafür? Wegen deinen verdammten Komplexen mußte ich schließlich auch Opfer bringen, ich mußte Karsten und Fabian hinhalten, meinst du, das macht mir Spaß?«

»Ja«, konterte Caroline. »Ja, das meine ich.«

»Hey«, rief Franziska. »Hört ihr vielleicht auf damit, euch gegenseitig zu zerfleischen?«

»Wir haben noch nicht mal angefangen, uns zu zerfleischen«, fauchte Caroline. »Ich gehe in die Küche und besorge uns Messer!«

»Oh, Caroline, du bist ja so unfair!« rief Matilda. »Ich denke nur an dich bei dieser Sache, und du bist nichts als eifersüchtig.«

»Ich nehme das Brotmesser«, zischte Caroline.

»Willst du gar nicht wissen, was ich dir mitgebracht habe?« fragte Matilda.

»Nur, wenn sie geladen ist«, erwiderte Caroline.

»Gratispostkarten«, rief Matilda. »Jede Menge Gratispostkarten, total witzig. Ich dachte, weil du doch immer so viele Briefe verschickst.«

»Oh, wiiiiiiie reizend von dir«, flötete Caroline. »Dein Süßholzraspeln kannst du dir sparen. Ich durchschaue dich!«

»Jetzt hört endlich auf«, verlangte Franziska. »Hier geht es um diesen Marc. Er ist doch immer noch für Caroline bestimmt, oder, Matilda?«

»Aber sicher doch«, sagte Matilda und verschränkte die Arme vor der Brust.

»Na also, dann haben wir doch nur ein Problem, daß Marc nämlich Matilda für Caroline hält.«

»Wenn's weiter nichts ist«, sagte Caroline.

Franziska nickte. »Genau. Hört mal, das ist doch ganz einfach. Wenn Matilda ihm sagt, daß sie die falsche ist, will er die richtige unter Garantie wenigstens kennenlernen. Vielleicht findet er die Geschichte sogar witzig. Und wenn Matilda sich vorher so richtig danebenbenimmt, wird Caroline ihm dagegen wie ein fleischgewordener Engel vorkommen. Aber dafür muß sich Matilda, wie gesagt, erst irgendwie abtörnend benehmen.«

»Ach ja, und wie soll das gehen?« fragte Matilda.

Caroline sah sie wütend an. »Sei einfach du selbst!«

»Das bin ich immer«, erklärte Matilda. »Und ich müßte mich sehr täuschen, wenn Marc nicht ganz – hingerissen von meinem Ich gewesen wäre.«

»Oh, ich hasse dich«, fauchte Caroline.

»Das ist der Dank dafür, daß ich für dich eingesprungen bin, als du dich rotgefleckt und schreiend im Badezimmer eingeschlossen hast!«

»Streitet euch nicht«, mahnte Franziska. »Wir sollten jetzt lieber das Kind aus dem Brunnen holen – oder wie das heißt. Matilda muß noch einmal mit Marc ausgehen, sich so richtig schön doof anstellen und ihm anschließend, wenn er sie mit Sicherheit total dämlich findet, sagen, daß die richtige Braut noch auf ihn wartet.«

»Soweit waren wir doch schon«, sagte Matilda. »Ich möchte nur von euch wissen, wie ich mich verhalten soll, um einen Mann abzutörnen. Darin habe ich nämlich keine Erfahrung.«

Caroline hielt sich die Ohren zu. »Oh, ich kann dein selbstgefälliges Geschwätz nicht mehr hören.«

»Matilda, wenn du die Vorlieben der Männer so gut kennst, dann müßtest du eigentlich auch genau wissen, was sie nicht mögen«, redete Franziska auf sie ein.

Matilda sah sie verwundert an. »Na, wenn du es so sagst. Ich käme mir zwar saublöde dabei vor, aber ich würde es tun. Caroline zuliebe.«

»Vielen herzlichen Dank«, sagte Caroline.

# 9.

Matildas nächstes Rendezvous mit Marc war für den darauffolgenden Dienstag eingeplant. Und obwohl die Tage dazwischen ziemlich dicht mit Terminen gefüllt waren – einer davon war eine wichtige Klausur in Musikgeschichte –, hielt das Matilda nicht davon ab, sich zweimal mit Fabian und zweimal mit Karsten zu treffen. Caroline registrierte es verärgert.

»Jetzt hat Matilda drei Männer, und ich keinen einzigen«, beschwerte sie sich bei Franziska.

Matilda lachte. »Freundschaften muß man pflegen«, erklärte sie, und Caroline fletschte die Zähne in ihre Richtung.

»Langsam fange ich an, mich auf mein Treffen mit Marc zu freuen«, sagte Matilda zu ihr. »Eigentlich wollte ich mich immer schon mal so richtig danebenbenehmen. Jetzt muß ich es sogar.«

»Wenn du es tun mußt, kannst du es sicher nicht«, entgegnete Caroline böse. »Auch wenn du es sonst in jeder Minute tust, in der du nicht gerade schläfst.«

»Oh, es wird mir schon gelingen, deinen Prinzen abzustoßen, anzuekeln, ganz und gar zu schockieren und für immer von mir zu kurieren«, sagte Matilda grimmig. »Ich tue alles, was du willst, kleine Caroline. Ich rülpse laut vor allen Leuten, ich betrinke mich, ich singe ordinäre Lieder – er wird froh sein, zu hören, daß ich die falsche bin. Du weißt schon, wie im Märchen. Ich bin die garstige Stiefschwester, die sich die Ferse abgehackt hat, um in Aschenbrödels gläserne Pantoffel zu passen und den Prinzen zu heiraten. Das gute Aschenputtel aber sitzt noch daheim, wie ein kleiner, rotgefleckter Joker. Der Prinz wird kommen und es auf sein Schloß holen, und sie werden glücklich zusammenleben, bis daß der Tod sie scheidet.«

»Warum glaube ich dir nur kein Wort?« fragte Caroline.

»Keine Ahnung«, erwiderte Matilda. »Du bist eben kein wirklicher Aschenbrödelcharakter. Du bist mehr wie der Jäger bei Rotkäppchen. Mißtrauisch, rachsüchtig und rabiat.«

»Ich könnte dich erwürgen«, entgegnete Caroline.

»Siehst du? Rabiat und rachsüchtig.« Matilda tänzelte durch das Zimmer. »Ich werde mich jetzt schön häßlich machen, für mein Treffen mit dem Prinzen. Vielleicht leihst du mir dafür ein paar von deinen Sachen, Aschenbrödel?«

»Matilda ist gemein zu mir«, klagte Caroline in Franziskas Richtung.

»Ja«, sagte Franziska. »Aber du bist auch nicht besser. Mich nerven eure Hennenkämpfe. Fragt einer von euch mal, wie es mir geht? Nein! Ihr denkt immer nur an euch.«

»Wie geht es dir?« fragten Caroline und Matilda wie aus einem Mund.

»Beschissen«, antwortete Franziska bereitwillig. »Cornelius hat soeben angerufen und mir mitgeteilt, daß er jetzt doch schon am Samstagmorgen fliegt. Das bedeutet, wir haben noch einen Tag weniger miteinander, und heute abend kann er auch nur kurz mal vorbeischauen, dann muß er weiter zur Mitgliederversammlung seines blöden Sportvereins!«

»Du Ärmste«, bedauerte sie Matilda. »Ich weiß zwar nicht, was es da zu jammern gibt, aber du hast mein Mitleid.«

»Das bedeutet, daß Cornelius und ich nur noch eine einzige Chance haben, die am Donnerstag. Ich möchte also, daß ihr mir am Donnerstag diese Wohnung überlaßt. Egal, wo ihr hingeht, ihr müßt vor acht weg sein und dürft erst nach eins wieder kommen, ist das klar?«

»Ja«, seufzte Caroline. »Ich werde zu Peggy gehen oder mich irgendwo in einen Hauseingang setzen und erfrieren.«

»Und ich treffe mich mit Karsten oder Fabian oder Marc«, sagte Matilda. »O nein, Caroline, tu mir nichts! Mit Marc treffe ich mich natürlich nicht, das war ein Versehen.«

»Ein Freud'scher Versprecher«, erklärte Caroline. »Gib doch zu, daß du scharf auf ihn bist!«

»Oder er auf mich«, sagte Matilda. »Das kann man nicht so genau auseinanderhalten.«

»Ich habe genau gesehen, wer wen geküßt hat neulich abends«, fauchte Caroline. »Und Fabian hat es im übrigen auch gesehen. Ich verstehe nicht, wieso sich die Typen alles von dir gefallen lassen.«

»Weil es sie im Grunde scharf macht«, erwiderte Matilda. »Aber davon verstehst du ja nichts.«

»Das stimmt«, sagte Caroline. »Männer wie Marionetten zu behandeln ist dein Spezialgebiet.«

»Vielen Dank! Deine Spezialgebiete sind aber auch nicht ohne. Ich hörte, du seist Expertin auf dem Gebiet der roten Flecken?«

»Franzsika! Matilda ist gemein zu mir!«

»Ja, und dafür kommt sie mal in die Hölle«, machte Franziska kurzen Prozeß. »Dann könnt ihr euch da weiter die Köpfe einschlagen. Und wenn ihr jetzt nicht sofort den Mund haltet, mache ich das für euch.«

Marc führte Matilda an diesem Abend in eine Kneipe in der Südstadt. »Ich hatte vorher die Todesanzeigen studiert, aber heute abend gab's keine Beerdigung.«

Matilda lachte.

»Ich liebe dieses Lachen«, sagte Marc. »Ich glaube, ich habe sogar davon geträumt.«

Matilda klappte schlechten Gewissens den Mund zu. Lachen war also nicht mehr angesagt, wenn sie ihm mißfallen wollte. Und das mußte sie ja leider. Sie schob sich gleich zwei Kaugummistreifen auf einmal in den Mund und kaute so ordinär, wie es ihr möglich war, darauf herum.

»Netter Schuppen hier«, sagte sie.

»Krieg' ich auch einen Kaugummi?« fragte Marc.

»Klar«, erwiderte Matilda, aber dann besann sie sich eines anderen. »Nee, geht nicht, die brauch' ich für mich. Sonst nimmt mein Mundgeruch wieder überhand.«

Marc lachte.

»Das mein' ich ernst, ey«, fuhr Matilda fort und knatschte den Kaugummi auf besonders ekelhafte Weise in ihrem Mund herum. Es mußte selbst dem abgebrühtesten Kerl Ekelgefühle entlocken. Und das alles nur wegen Caroline.

»Ja, klar. Was möchtest du trinken?«

»Irgendwas, wovon ich ganz schnell betrunken werde,

etwas, das dafür sorgt, daß ich mich schlecht benehme«, verlangte Matilda. »Und davon ungefähr fünf Stück.«

»Muß es auch schmecken?« erkundigte sich Marc.

»Nein, es muß nur wirken.«

Marc bestellte daraufhin zwei Tequila Spezial. »Vier«, sagte Matilda zum Kellner, »bringen Sie vier!«

Marc lachte wieder, aber Matilda kniff die Lippen zusammen und verbiß sich das Lachen. Alles für Caroline. Drei der vier Tequilas kippte sie sich hintereinander in die Kehle. Marc mußte sich beeilen, um wenigstens den vierten Drink zu erwischen.

»Wir haben doch Zeit«, versuchte er ihr Einhalt zu gebieten. »Du brauchst dich nicht gleich besinnungslos zu trinken.«

»Noch mal drei«, wandte sich Matilda an den Kellner.

Als sie den sechsten Tequila getrunken hatte, spielte der Pianospieler am Flügel in der Mitte der Kneipe *As time goes by*.

Matilda seufzte schwer. »*Casablanca* ist der traurigste Film, den ich kenne. Ich habe Jahre gebraucht, um zu verstehen, wieso Humphrey Bogart und Ingrid Bergmann sich am Ende nicht kriegen.«

»Die wirklich großen Liebesgeschichten enden immer traurig«, meinte Marc.

»Genau.« Matilda seufzte noch einmal. Da war es schon wieder, dieses wunderbare Gefühl der Verbundenheit. Egal, was sie auch tat, dieses Band zwischen ihr und Marc ließ sich nur sehr schwer durchtrennen. Verdammte Caroline, altes Fleckentier!

»Noch drei Tequila«, sagte sie zu dem Kellner. Sie beugte sich über den Tisch. »Du findest Frauen, die sich betrinken, doch abstoßend, stimmt's?«

»Manchmal«, gab Marc zu.

»Dann sieh mal, was ich jetzt tue!« Matilda nahm dem Kellner die Gläser ab. »Warten Sie, die können Sie gleich wieder mitnehmen«, sagte sie, leerte alle hintereinander in jeweils einem Zug und stellte sie zurück auf das Tablett.

»Bin ich froh, daß wir mit meinem Auto hergekommen sind«, meinte Marc.

»Das Teufelszeug wirkt überhaupt nicht«, klagte Matilda.

»Natürlich wirkt es. Du mußt ihm nur ein kleines bißchen Zeit lassen. Glaub mir, in einer Viertelstunde wirst du nicht mehr wissen, wie du heißt.«

»Das wäre sowieso nicht schlimm«, erwiderte Matilda. »Im Grunde besteht da jetzt schon eine gewisse Verwirrung.« Sie steckte sich wieder einen Kaugummistreifen in den Mund. »Sicher haßt du Frauen, die mit offenem Mund Kaugummi kauen, stimmt's? Alle Männer tun das. Sie wollen eine Frau, die positiv auffällt durch ihre Schönheit, aber unauffällige Manieren hat. Männer mögen keine Frauen, die sich in aller Öffentlichkeit blamieren. Dann fühlen sie sich gleich mit blamiert.«

»Aber doch nicht durch einen Kaugummi«, sagte Marc.

»Gut«, stimmte Matilda zu. »Das ist nur der Anfang. Aber es wird ja noch schlimmer. Eine betrunkene Frau, die durch den Saal taumelt und sich auf den Glatzen fremder Männer abstützen muß, um nicht zu fallen. Dann setzt sie sich dem Pianospieler auf den Schoß und singt *Je t'aime*. Vor allen Leuten.«

»Das würdest du dich nicht trauen.«

»Würde ich nicht? Was wetten wir?«

»Wer verliert, muß dem anderen sein Führerscheinfoto zeigen«, schlug Marc vor.

»Also gut, die Wette gilt. Das heißt, vorausgesetzt, es muß nicht *Je t'aime* sein. Ich kenne ein paar wirklich schmutzige Seemannslieder, die sind noch viel peinlicher. Kennst du das von Lolly Lulu und dem kleinen Matrosen?«

Marc schüttelte den Kopf. »Aber jetzt hast du deine Chance. Der Pianist macht gerade eine kleine Bierpause.«

»Das trifft sich gut«, sagte Matilda und erhob sich. »Der Tequila ist soeben in meinem Gehirn angelangt.«

Ohne zu schwanken oder sich auf einer fremden Männerglatze abzustützen, schritt sie nach vorne zum Flügel. Marc folgte ihr lachend mit den Augen. Sie sah klasse aus in diesen leicht zerlumpten Jeans und einem eng anliegenden Rollkragenpullover, der genauso schwarz war wie die kurzgeschnittenen, wilden Locken auf ihrem Kopf. Prüfend schnippte sie gegen das über den Tasten angebrachte Mikrophon. Es gab ein knackendes Geräusch in den Lautsprechern. Die anderen Gäste zuckten leicht zusammen, Marc auch. Die war echt verrückt, diese Caroline. Matilda setzte sich auf den Klavierschemel und drehte sich mit Schwung in die richtige Sitzhöhe. Dann strich sie sanft über die Gravur über der Tastatur.

»Ein Bösendorfer«, sagte sie ins Mikro. »Das paßt zu mir. Ich bin nämlich auch böse. Meine Damen und Herren! Der Pianomann macht eine wohlverdiente Pause, und in der Zwischenzeit hören Sie ein paar wirklich verdorbene Seemannslieder. Nichts für zarte Gemüter – also Ohren zuhalten, wenn's Ihnen zu unanständig wird.«

Sie schlug ein paar Töne an, und der Pianist, der herangeeilt war, um sie von seinem Platz zu zerren, blieb überrascht stehen. Klavier spielen konnte sie jedenfalls, die Verrückte. Und singen konnte sie auch. Sogar ganz hervorragend. Die Gäste hörten auf zu essen und zu reden, um ihr zuzuhören.

»Lolly Lulu hatte eine Kneipe am Hafen von Honolulu«, sang Matilda, und das war die erste und einzige Zeile in diesem Lied, bei der ein anständiger Mensch nicht erröten mußte.

Die Zuhörer waren begeistert. Besonders, als Matilda nach der dritten Strophe kurz innehielt, mit einer anmutigen Geste auf Marc zeigte und sagte: »Nur damit Sie wissen, für wen ich mich hier blamiere. Der junge Mann mit den Locken da ist mit mir gekommen!«

Alle starrten Marc an. Marc lachte. Die war echt total verrückt, die Caroline.

»Möchten Sie die anderen Strophen auch hören?«

»Ja!« schrien die Leute, und Matilda haute wieder in die Tasten.

# 10.

Franziska war stinksauer auf Matilda. Kaum hatte sie nämlich die Wohnung verlassen, klingelte es an der Tür, und Karsten, der Aal, kam, um Matilda abzuholen. Angeblich seien sie verabredet. Und als Franziska ihm gerade erklärte, daß Matilda diese Verabredung wohl vergessen habe, klingelte es ein zweites Mal. Diesmal war es Fabian.

»Hallo, Franziska, hallo –?«

»Karsten«, sagte Karsten.

»Kennt ihr euch denn nicht?« fragte Franziska neugierig. Aber Matildas zwei Liebhaber schüttelten einhellig den Kopf.

»Matilda ist, wie gesagt, nicht zu Hause«, erklärte Franziska.

»Ich wollte auch zu Caroline«, sagte Fabian. »Ist sie da?«

»Sie ist in ihrem Zimmer.«

»Und was soll ich jetzt mit dem angebrochenen Abend anstellen?« fragte Karsten maulig.

»Das ist nicht mein Problem«, erwiderte Franziska. Aber weil Karsten so verloren aussah, nahm sie ihn schließlich mit in die Küche und bot ihm an, ihr bei der Verzierung der Torte zu helfen, die Caroline für Cornelius' Überraschungsparty gebacken hatte. Caroline meinte, eine Torte gehöre unbedingt dazu. Sie hatte eine mit mehreren Ebenen gebacken, wie eine Hochzeitstorte, und sie war steinhart geworden. Man könnte sie als Trittbänkchen benutzen, wenn die Party vorbei war, überlegte Franziska, denn es war beinahe ausgeschlossen, daß jemand etwas davon aß.

»Nicht, wenn *ich* die Sache in die Hand nehme«, schaltete sich Karsten ein. »Man muß eine Sache nur appetitlich verpacken, damit sie appetitlich wird. Verpackung ist mein Spezialgebiet.«

Franziska seufzte. Das war wieder mal typisch! Caroline spielte gemütlich Schach nebenan, Cornelius vergnügte sich auf seiner Vereinsversammlung, Matilda vermutlich weiß der Himmel wo, und sie selten blödes Schaf mußte den Abend damit verbringen, eine widerliche Torte zu verzieren, zusammen mit einem Typ, den sie nicht mal annähernd ausstehen konnte.

»Gib mir den gelben Zuckerguß«, verlangte der Typ. Er war ein Despot. Ein despotischer Aal. Man mußte einfach Mitleid mit ihm haben.

Caroline schaute überrascht auf, als Fabian in ihr Zimmer kam.

»Matilda ist nicht da«, sagte sie.

»Ich weiß«, erwiderte Fabian. »Ich bin deinetwegen gekommen. Ich wollte dir Revanche anbieten.«

»Sehr nett von dir«, sagte Caroline. »Aber heute bin ich wieder zurechnungsfähig, da wirst du leider keine Schnitte sehen.«

»Matilda hat mir verraten, daß du mal Kieler Meisterin warst.«

»Bei den Junioren«, verbesserte Caroline. »B-Jugend.«

»Du bist wirklich gut«, sagte Fabian. »Aber ich habe zu Hause geübt. Mit meinem Computer. Diesmal wirst du's nicht so leicht haben.«

Caroline holte das Schachspiel aus dem Regal. »In der Küche können wir nicht spielen, da ist Franziska mit Matildas – äh, also mit so einem langen, dünnen Kerl.«

»Ein Freund von Matilda?« fragte Fabian.

»So könnte man es nennen.« Caroline baute das Schachspiel einfach auf dem Teppichboden auf.

»Matilda hat wohl viele Freunde«, sagte Fabian.

»Ja, und du bist einer davon. Allerdings ein besonders guter.«

»Ich mag Matilda. Man hat unheimlich viel Spaß mit ihr. Aber als eine gute Freundin würde ich sie wirklich nicht bezeichnen«, sagte Fabian.

Caroline starrte ihn überrascht an. »Als was dann? Ich dachte, ihr wärt – ähm – so richtig zusammen.«

»Du meinst, weil wir miteinander schlafen?«

Caroline wurde rot. »Ja, genau.«

»Willst du Schwarz oder Weiß?«

»Schwarz.«

»Manchmal hat Sex überhaupt nichts zu bedeuten«, erklärte Fabian. »Matilda und ich können miteinander schlafen, und es bedeutet nichts, außer daß wir eben miteinander schlafen.«

Caroline starrte auf das Schachfeld hinab. »Also, ich könnte das jedenfalls nicht.« Sie kratzte sich am Kopf. »Glaube ich zumindest. Genau weiß ich es ja nicht. Ich denke, so etwas verbindet irgendwie. Oder sollte es zumindest.«

»Ich finde auch, daß es schöner ist, wenn man so richtig verliebt ist«, gab Fabian zu. »Und wenn es nicht unverbindlich ist.«

»Solange beide Partner das gleiche denken und fühlen, spielt es vermutlich keine große Rolle, ob man verliebt ist oder so was«, sagte Caroline. »Aber meistens fühlt einer von beiden mehr als der andere. Und das tut dann weh.«

Fabian zog einen seiner Bauern. »Dann ist doch egal, ob man miteinander geschlafen hat oder nicht!«

»O nein«, erwiderte Caroline und rückte ebenfalls einen Bauer vor. »Solange man keinen Sex hatte, kann man sich wenigstens einreden, bis hierhin sei es unverbindlich gewesen. Der letzte Typ, mit dem ich zusammen war, hat immer gesagt, Sex habe nichts mit Beziehung zu tun.« Sie lächelte leicht. »Deshalb sind wir ja auch jetzt nicht mehr zusammen. Und ich bin immer noch Jungfrau – und kann eigentlich gar nicht mitreden.«

»Natürlich hat Sex etwas mit Beziehung zu tun«, sagte Fabian. »Jedenfalls wenn man eine hat.«

»Wie du und Matilda?«

»Nein.« Fabian lachte. »Du bist dran.«

»Vielleicht bin ich auch selber schuld«, sagte Caroline. »Peggy meint, wenn man zu lange damit wartet, macht man sich zu genaue Vorstellungen davon, wie es passieren soll. Und dann ist man innerlich so festgelegt, daß es niemals passiert, und wenn doch, ist man schrecklich enttäuscht.«

»Was hast du denn für Vorstellungen?«

Caroline lachte verlegen. »Ziemlich kitschige, fürchte ich. Ich meine, abgesehen von all diesen Rätseln, die ich, egal was für detaillierte Aufklärungsliteratur ich mir auch reinziehe, niemals so ganz durchschaue. Mit meinen Freundinnen will ich darüber auch nicht mehr sprechen, weil ich mich erstens ständig blamiere und zweitens mit völlig bescheuerten Antworten abgespeist werde: Also, das kann man nicht beschreiben, das muß man erleben. Oder: Wenn du es tust, wirst du automatisch wissen, wie es geht.«

»Niemand weiß diese Dinge, bevor er sie nicht getan hat«, sagte Fabian. »Und danach wissen es die meisten auch noch nicht.«

»Es ist ja auch schwierig, über Sex zu reden. Ich konnte das sowieso noch nie. Die Worte wollen einfach nicht über meine Lippen. Dabei liest man überall, wie wichtig es ist, über seine Wünsche und Abneigungen zu sprechen. Neulich habe ich mir heimlich so eine Zeitung für junge Teenager gekauft, weil es da ums erste Mal ging. Ich war völlig frustriert, nachdem ich den Artikel gelesen hatte. Ilona, vierzehn, erzählt, daß sie beim ersten Mal beide gleichzeitig zum Orgasmus gelangten, und Jennifer, zwölfeinhalb, wollte wissen, welche Stellung sich für das erste Mal am besten eignet, wenn man multiple Orgasmen haben möchte. Ich meine, mit vierzehn wußte ich nicht mal, wie man einen Tampon benutzt.«

»Diese Artikel sind doch alle von vorne bis hinten erlogen«, wandte Fabian ein.

»Selbst wenn«, seufzte Caroline. »Aber da stand auch drin, daß man auf jeden Fall vorher mit dem Partner gründlich darüber reden sollte, damit auch ja nichts schiefgeht. Ich warte seit Jahren auf den Kick, der einen überhaupt dazu treibt, es zu tun. Wenn ich den jemals verspüren sollte, werde ich den Teufel tun und erst mal das Reden anfangen!«

»Na ja«, meinte Fabian, »so ganz ohne Worte geht es vielleicht nur im Film.«

»Ist das vielleicht zuviel verlangt, einmal im Leben

eine filmreife Szene zu erleben? Hat nicht jeder ein Recht darauf, sich seinen eigenen Film auszudenken?«

»Keine Ahnung«, erwiderte Fabian. »Eigentlich schon. Erzähl mir von deinem Film!«

»Niemals«, sagte Caroline. »Ich habe eben schon das Wort Orgasmus ausgesprochen. Das reicht für diesen Tag!«

»Bitte!«

»Ich tu's, wenn du mir von deinem ersten Mal erzählst«, sagte Caroline. »Aber bitte jedes Detail.«

»Mein erstes Mal war völlig unromantisch. Es ging so schnell, und ich war so verwirrt, daß ich hinterher fragen mußte, ob wir es jetzt wirklich getan hatten.« Fabian lachte. »Ich habe es nie erfahren. Ich war mit einer Jugendgruppe in Frankreich im Zeltlager. Sie war Französin und hieß Fabienne. Sie hat nicht verstanden, was ich gefragt habe, und ich habe nicht verstanden, was sie gesagt hat. Vermutlich so was wie: Das war ganz lausig, du Dilettant. Danach hatte ich für einige Zeit das Interesse an Sex verloren. Ich war dafür unheimlich gut in Mathe. So, und jetzt du.«

»Also gut, dann erzähle ich dir jetzt, wie ich mir mein erstes Mal vorstelle«, sagte Caroline. »Niemand weiß es. Es ist ein Geheimnis, das du mit ins Grab nehmen mußt. Es ist furchtbar kitschig. Ich glaube, von der Vorstellung, daß man sich erst mal ein halbes Jahr lang kennen muß, habe ich mittlerweile Abstand genommen. Alle, die ich so lange kannte, fand ich dann nicht mehr toll genug, eigentlich schon nach vier Wochen nicht mehr. Also sollte es einfach aus heiterem Himmel passieren. Natürlich nicht, wenn man gerade einen Spinatauflauf mit viel Knoblauch gegessen hat und den obersten Knopf der

Jeans öffnen mußte. Oder wenn man einen dicken Pickel auf dem Rücken hat, genau unter dem BH-Träger. Oder wenn man seine ausgeleiertste Unterhose trägt. Nein, die wichtigste Voraussetzung ist, daß man gerade einen dieser Sterntage hat, an denen man sich wunderbar fühlt: schön, begehrenswert und kein bißchen minderwertig. Also: Er steht vor mir, ich sehe ihm in die Augen und weiß, heute wird es passieren. Er weiß es auch, verliert keine überflüssigen Worte, nimmt mich an der Hand, und Hand in Hand laufen wir durch den Regen. Es darf ruhig kalt sein, wir merken es ja nicht mal. Wir laufen zu seinem Wagen, am besten einer alten Limousine mit Trittbrettern und Chauffeur. Überflüssig zu sagen, daß wir unterwegs in keinen Hundehaufen getreten sind, was mir regelmäßig etwa alle drei Wochen passiert. Man kutschiert uns zu einem Landhaus, einem alten Landhaus aus Bruchsteinen. Erstaunlicherweise hört der Chauffeur Tom Waits, das ist ein absolutes Muß in diesem Augenblick. Wir, also der Traummann und ich, sitzen im Fond und küssen uns, immer noch fast ohne Worte. Vielleicht überreicht er mir ein paar Dutzend Rosen, möglichst lachsfarbene, vielleicht auch einen Ring, einen mit einem blauen Stein. Auf jeden Fall hält dieses Gefühl an, was mir sagt, daß es heute passieren muß! Mit diesem Mann! Eigentlich ist er gesichtslos, manchmal sieht er aus wie Keanu Reeves, manchmal wie Johnny Depp und manchmal wie jemand, den ich wirklich kenne. Im Augenblick stelle ich ihn mir dunkelgelockt und sehr groß vor, eben wie diesen Marc, dem Matilda hoffentlich gerade reinen Wein einschenkt. Er hat eine wunderbare Stimme, weißt du, auch wenn er in diesem speziellen Fall nicht besonders viel sagen muß. Hast du dich schon mal in eine Stimme verliebt?«

Fabian schüttelte den Kopf. »Erzähl weiter! Was passiert, wenn ihr im Haus seid?«

»Er führt mich in einen gemütlichen Raum mit einem offenen Kamin, in dem selbstverständlich ein Feuer flakkert. Davor steht ein ausladendes Sofa, eine Recamiere, und sie ist mit dunkelrotem Samt überzogen. Küssend sinken wir darauf nieder. Alles Weitere liegt in einem ziemlichen Nebel, das letzte, was ich sehe, ist ein dicker goldener Engel, der auf dem Kaminsims liegt, und dann – das kann ich gerade noch erkennen, bevor mir die Kleider abgestreift werden und meine Sinne sozusagen schwinden – der Regen draußen ist in Schnee übergegangen. Draußen vor dem Fenster segeln dicke Flocken nieder wie weiße Sterne.« Sie verstummte und blinzelte zu Fabian hinüber, der ihren Worten mit ernstem Gesicht gelauscht hatte. »Ich bin ganz schön kitschig, was?«

»Nein«, sagte Fabian, beugte sich über das Schachspiel und küßte sie mitten auf den Mund. »Du bist total süß.«

Caroline faßte sich verwundert an die Lippen.

»Schade, daß du in eine Stimme verliebt bist.« Fabian erhob sich. »Ich gehe jetzt besser. Das Spiel setzen wir ein anderes Mal fort.«

Caroline starrte ihm stumm hinterher.

Marc parkte sein Auto vor der Haustür in der zweiten Reihe.

»So«, sagte Matilda. »Dann sagen wir einander jetzt Lebewohl! Ich hoffe, du hast eingesehen, daß ich nicht die Richtige für dich bin!«

Marc legte eine Hand in ihren Nacken. »Das war ein phantastischer Abend. Ich habe selten so gelacht. Wann gehen wir gemeinsam auf eine Beerdigung?«

»Niemals«, sagte Matilda. »Du findest mich abstoßend und ordinär. Ja, denn das bin ich ja auch.«

Marc küßte ihr linkes Ohrläppchen, das mit dem Totenkopfstecker. »Ich finde dich herrlich verrückt und absolut wunderbar.«

Matilda starrte ihn böse an. »Sag das nicht! Du wirst eine Bessere als mich treffen. Schon bald.«

»Und woher weißt du das?«

»Ich bin eine Hexe«, nuschelte Matilda. »Deshalb!«

»Es gibt keine Bessere als dich, kleine Hexe. Jedenfalls nicht für mich. Schon am ersten Abend fand ich dich toll. Beerdigungen, die Farbe Gelb, italienische Opern, Zebras und Leoparden, Stollen ohne Zitronat – das war alles zu schön, um wahr zu sein«, sinnierte Marc. »Aber der heutige Abend hat mir den Rest gegeben!«

»Bist du blöd?« Matilda kniff ihn ins Bein. »Ich habe mich total danebenbenommen. Und das war weiß Gott schwerer, als ich dachte. Die Lieder, die ich gesungen habe, treiben dem abgebrühtesten Seemann die Schamröte ins Gesicht, ich habe mich auf dem Flügel gerekelt, und du glaubst, es gibt keine Bessere als mich? Was muß man denn noch tun, um dir zu mißfallen?«

»Ich wüßte nichts, was du tun könntest, um mir zu mißfallen«, antwortete Marc ernst.

»Auch nicht, wenn ich dir sage, daß ich eine Lügnerin bin? Ich bin nämlich nicht die, für die du mich hältst. Ich bin nicht Caroline. Die sitzt nämlich da oben in unserer Wohnung und ist echt rothaarig.«

»Wie bitte?«

»Ja, da staunst du, was? Ich bin weder Caroline noch rothaarig noch unschuldig. Unschuldig zu allerletzt! Und ich studiere auch nicht Psychologie, sondern nur Musik.

Und Schildkröten mag ich auch nicht besonders. Und schon gar keine Buchstabensuppe. Na, jetzt willst du mich sicher nicht mehr?«

»Und warum habe ich mich mit dir getroffen und nicht mit der echten Caroline?«

»Weil sie rote Flecken bekam und Blähungen. Ich mußte für sie einspringen, damit du nicht sang- und klanglos wieder aus unserem, pardon, aus Carolines Leben verschwinden konntest. Woher sollte ich auch wissen, daß du mir so gut gefallen würdest!«

»Tatsächlich?«

»Ja, leider«, seufzte Matilda. »Cello, italienische Küche, Beerdigungen und Milchreis mit Zimt. Außerdem küßt du verdammt gut. Das alles war fast zu schön, um wahr zu sein. Nur Caroline zuliebe verzichte ich jetzt auf dich, nur ihr zuliebe habe ich mich heute so schlecht benommen. Damit wir sichergehen konnten, daß du mich auch garantiert blöd findest, bevor du erfährst, daß die echte Caroline noch auf dich wartet.«

»Ich habe gleich gesagt, Caroline ist kein Name für dich«, sagte Marc und lachte leise. »Weißt du noch? Ich hätte dich Antonia genannt oder Laura, aber niemals Caroline.«

»Ich heiße Matilda«, sagte Matilda.

»Matilda! Das paßt auch. Es ist ein lustiger Name. Aber wie du auch heißen magst, es ändert nichts an meinen Gefühlen für dich.«

»Dann haben wir jetzt ein Problem«, erwiderte Matilda finster.

»Ich wüßte nicht, warum!«

»Ich und du, wir können nicht zusammensein«, erklärte Matilda. »Caroline würde es nicht verstehen. Sie würde denken, ich hätte dich ihr ausgespannt, vor der Nase weggeschnappt.«

»Aber ich kenne sie doch überhaupt nicht.«

»Doch«, hielt ihm Matilda entgegen. »Du hast mit ihr telefoniert. Und dabei hat sie sich in deine Stimme verliebt. Ich kann ihr das nicht antun, wirklich nicht. Sie ist manchmal ein bißchen blöd, aber sie ist ein nettes Mädchen und meine Freundin.«

»Ich verstehe«, sagte Marc. »Sie wäre dir sicher sehr böse, wenn sie herausfindet, daß ich mich in dich verliebt habe.«

»Sie würde mir die Augen auskratzen«, bestätigte Matilda.

»Und sie glaubt, ich wäre der Richtige für sie?«

»Genau. Du warst nun mal von Anfang an für sie bestimmt.«

»Die einzige Chance besteht darin, ihr nicht zu gefallen«, überlegte Marc sachlich. »Dann wäre es deiner Freundin egal, ob wir beide was miteinander haben.«

»Oh, du bist leider genau ihr Typ. Sie hat dich durchs Fenster gesehen. Außerdem mag sie deine Stimme.«

»Aber sicher achtet sie auch noch andere Dinge als Stimme und Aussehen«, versuchte Marc auszuweichen.

»Bei dir stimmt aber alles«, seufzte Matilda. »Leider. Es sei denn, du würdest ihr einen echt miesen Charakter vorspielen.«

»Das dürfte nicht allzu schwer sein«, meinte Marc. »Du kannst mir sicher verraten, was deine Freundin total abtörnt.«

»Ja«, sagte Matilda zunehmend begeistert. »Ich weiß alles über sie. Es ist ganz einfach, Caroline nicht zu gefallen. Sie ist in vielen Dingen sehr heikel. Du mußt nur etwas Böses über Greenpeace-Aktivisten sagen oder über Schildkröten. Und du könntest erzählen, daß du total auf Hüftkettchen abfährst. Ich wette, dann bist du sie schneller los, als du es dir träumen läßt.«

## 11.

Erst zwei Tage später wagte Caroline endlich einen Anruf bei Marc. Franziska und Matilda hatten sie richtig ausgeschimpft, weil sie es bis jetzt noch nicht getan hatte.

»Ich verstehe dich nicht«, sagte Matilda böse. »Ich habe mich bis auf die Knochen blamiert, nur damit du diesen Anruf tätigen kannst. Sicher hängen jetzt überall in der Südstadt Steckbriefe nach mir aus: Die Sittenpolizei bittet um Ihre Mithilfe.«

»Vielleicht ist Marc eben doch nicht der Richtige«, wandte Caroline zaghaft ein.

»Bist du irre?« rief Franziska. »Vorgestern hättest du Matilda seinetwegen noch beinahe den Hals umgedreht! Wenn du nicht anrufst, rede ich kein Wort mehr mit dir.«

»Also gut«, seuftze Caroline. Sie brauchte ein paar Stunden, um sich den Mut dafür einzureden. Dafür sprach sie unaufhörlich die Affirmationen aus Peggys Buch *Krieg der Schüchternheit* vor sich hin: »Ich habe keinen Grund, mich minderwertig zu fühlen«, sprach sie laut vor sich hin. »Außerdem kann man durchs Telefon keine Flecken sehen.«

»Was leierst du da vor dich hin?« wollte Franziska wissen.

»Nichts«, erwiderte Caroline. »Sag mal, geht ihr heute gar nicht aus dem Haus?«

»Nein, ich muß die Wohnung und mich für Cornelius'

und meinen Abend der Abende herrichten. Du hast doch nicht vergessen, daß du heute abend zu verschwinden hast und frühestens eine Stunde nach Mitternacht wieder auftauchen darfst?«

»Nein«, seufzte Caroline. »Ich habe keinen Grund, mich minderwertig zu fühlen.«

Erst am Nachmittag fühlte sie sich unbeobachtet genug, das schwierige Telefonat zu wagen. Ollie und Benedikt waren gekommen, um Franziska mitzuteilen, daß die alte Wertheim aus dem zweiten Stock eine Opernkarte samt einem wunderbar kitschigen Brief erhalten hätte und daher den morgigen Abend nicht durch ihr Gemekker verderben konnte.

Caroline schleppte das Telefon leise in ihr Zimmer und wählte Marcs Nummer. »Hallo«, flüsterte sie.

»Hallo?«

Caroline räusperte sich. »Hier ist Caroline.«

»Die echte Caroline, nehme ich an«, sagte Marc.

»Ja.« Ich habe keinen Grund, mich minderwertig zu fühlen, setzte sie in Gedanken hinzu.

»Schön, daß du anrufst«, sagte Marc. »Ich hatte schon gedacht, du meldest dich überhaupt nicht mehr.«

»Und ich dachte, nach allem, was war, wäre dir das ganz recht.«

»Nein«, widersprach Marc. »Ich finde, wir sollten uns unbedingt kennenlernen. Wie wäre es gleich heute?«

»Heute?« Ich habe keinen Grund, mich minderwertig zu fühlen. Meine Flecken sind ein Teil von mir. Ich bin schön. Ich habe keinen Grund, mich minderwertig zu fühlen. »In Ordnung. Wo? Um wieviel Uhr?«

»Um halb acht beim Mexikaner in der Nähe vom Friesenplatz? Kennst du den?«

»Ja«, sagte Caroline. »Ich werde da sein. Du erkennst mich an meinen roten Flecken.«

Erleichtert legte sie den Hörer auf. Gerade rechtzeitig, denn Matilda war der Telefonschnur gefolgt, um den Apparat zu orten.

»Mit wem hast du telefoniert?«

»Geht dich gar nichts an!«

»Du brauchst es mir gar nicht zu sagen. Ich sehe es an deinen Flecken«, sagte Matilda.

»Die werden mich heute auch nicht daran hindern, die Sache endlich hinter mich zu bringen«, seufzte Caroline.

»Na, dann werde ich dir mal die Daumen drücken, daß er dir gefällt«, sagt Matilda und schlug hinterm Rücken zwei Finger übereinander. »Das heißt, wenn du ihn überhaupt noch möchtest.«

»Seine Stimme klingt immer noch faszinierend«, murmelte Caroline. »Ich muß mich jetzt umziehen, und dann gehe ich ein bißchen früher, damit Franziska hier ihre sturmfreie Bude hat.«

»Ja«, sagte Matilda. »Ich bin auch gleich weg.«

Caroline, die schon auf dem Weg ins Badezimmer war, drehte sich noch einmal um. »Triffst du dich mit Fabian?«

»Würde dich das irgendwie stören?« fragte Matilda zurück.

Caroline antwortete nicht. Matilda seufzte. Wenn Caroline auch nur ein bißchen wie sie veranlagt war, würde sie Marc um jeden Preis haben wollen, schon allein aus dem Grund, damit sie, Matilda, ihn nicht bekam.

Marc wußte zwar alles über Carolines Vorlieben und ihre Abneigungen, und gewöhnlicherweise war es nicht besonders schwierig, ihr zu mißfallen. Aber Marc war zu einem Zankapfel zwischen zwei Rivalinnen geworden, vielleicht würde Caroline darauf beharren, ihn toll zu finden, selbst wenn er sich als völliger Idiot offenbaren würde.

Zumindest konnte es nicht schaden, wenn man der Sache ein bißchen mit Zauberei nachhalf. Die Frau im Voodoo-Laden hatte ihr zu diesem Zweck kleine, fast nicht duftende Räucherpyramiden verkauft, die man unter die Ruhestätte des Opfers legen und langsam verglühen lassen sollte.

Matilda beschloß, eine davon unter Carolines Bett zu legen, bevor sie nachher ging.

»Das Essen ist gut hier«, sagte Marc. »Ich hoffe, du magst mexikanisch.«

Caroline nickte stumm, obwohl das überhaupt nicht stimmte. Sie war immer noch ganz benommen von Marcs Anblick. Er hatte unbestritten schöne Augen und eine gute Figur, da hatte Matilda nicht übertrieben. Und neulich, vom zweiten Stock aus betrachtet, im Licht einer Straßenlaterne, hatte er auch sonst sehr gut ausgesehen. Möglicherweise hatte ihre Phantasie ihr da aber einen Streich gespielt. Denn Marc hatte genau die Art Frisur, die sie ganz abscheulich fand, einen tiefen Seitenscheitel, beide Partien über die Ohren gekämmt, mit Gel glatt gehalten, nur die unteren Spitzen drehten sich nach außen, so daß es aussah, als habe Marc eine Dachrinne um den Kopf installiert. Und dann dieses absolut häßliche Hemd! Es war eindeutig zu klein, sah aus wie ein Küchentuch und war bis oben hin zugeknöpft. Und diese Scheußlichkeit steckte in einer dunkelblauen Bundfaltenhose, die mit einem braunen Kunstledergürtel zusammengehalten wurde. Die Schuhe und die Socken hatte Caroline noch nicht gesehen. In Anbetracht der restlichen Garderobe war ihr danach auch nicht zumute.

»Findest du nicht auch?« fragte Marc.

»Ähm – ich fürchte, ich habe die Frage nicht verstanden«, sagte Caroline.

»Ich sprach über die Vielfalt der ausländischen Küche«, sagte Marc. »Ich meine, die vielen Ausländer in unserem Land sind schon eine Plage, und meiner Meinung nach gehören die alle ausgewiesen, aber die Restaurants könnten bleiben. Man müßte allerdings gesetzlich garantieren, daß alle Angestellten, bis auf die Köche natürlich, Deutsche wären.«

Caroline starrte ihn verblüfft an. »Meinst du das ernst?«

»Ja«, sagte Marc. »Und damit die Köche nicht wieder eine ganze Kolonie ihrer Sippe in unserem Land etablieren können, müßten sie vertraglich zusichern, daß sie die Geheimnisse ihrer Küche, jedes ihrer Rezepte an uns Deutsche weitergeben. Auf diese Weise müßten wir Deutschland nur noch eine Generation lang mit diesen Ausländern teilen.«

»So einen Schwachsinn habe ich noch nie gehört«, sagte Caroline angewidert. »Abgesehen davon, daß es im höchsten Maße rassistisch und ausländerfeindlich ist.«

»Du bist doch hoffentlich nicht eine von diesen grünen Steinewerferinnen?« sagte Marc. »Dann laß uns lieber über etwas anderes reden.«

»Von mir aus«, gab Caroline nach. »Wenn du nichts dagegen hast, daß ich dieses Treffen lediglich als eine Fallstudie betrachte und du das Essen bezahlst.«

»Einverstanden«, erklärte Marc und lächelte. Für den Bruchteil einer Sekunde sah er richtig nett aus.

# 12.

Als Cornelius kam, war Franziska allein in der Wohnung. Der Champagner stand auf dem Tisch, zusammen mit knusprigem, warmem Kräuterbaguette, einem dreiarmigen Kerzenleuchter und zwei blitzblanken Gläsern. Optimistisch wie sie war, hatte Franziska auch die jetzt nicht mehr ganz so neue dunkelrote Unterwäsche an.

»Ich hab' Hunger wie ein Bär«, sagte Cornelius.

»Bitte bedien dich«, meinte Franziska und zeigte auf das Baguette. »Wie war denn dein vorletzter Tag in Köln?«

»Wie immer«, sagte Cornelius. »Ich hatte noch gar keine Zeit, mir vorzustellen, daß ich bald nicht mehr hier sein werde.«

»Du meinst, du hattest noch keine Zeit, darüber nachzudenken, was dir alles fehlen wird?«

»O doch! Was mir fehlen wird, weiß ich jetzt schon«, seufzte Cornelius.

Franziska lächelte geschmeichelt. Na endlich, jetzt kriegte er endlich mal die Zähne auseinander. Das wurde aber auch Zeit.

»Zum Beispiel das Essen«, sagte Cornelius.

»Und was noch?«

»Deutsches Fernsehen. Wie es jetzt weitergeht in der Lindenstraße, mußt du mir dann immer schreiben!«

»Aha, Essen und Fernsehen! Gibt es sonst noch etwas, was dir fehlen wird?« Franziska wurde langsam gereizt.

»Wasserball!« antwortete Cornelius wie aus der Pistole geschossen.

»Ach, Cornelius«, sagte Franziska böse und brach dabei ein Stückchen von ihrem Brot ab, »kannst du nicht einmal etwas sagen, was mir gefällt?«

»Wie meinst du das? Sag mal, wonach riecht es hier eigentlich? Irgendwie verbrannt!«

Franziska schnupperte. »Tatsächlich. Das war aber eben noch nicht!«

»Wie verschmorter Kunststoff! Hast du die Plastikfolie bei den Baguettes mitgebacken?«

»Natürlich nicht! Das kommt sicher von draußen!«

»Nein!« Cornelius stand auf. Schnuppernd ging er in den Flur hinaus. Franziska folgte ihm. Der Gestank wurde stärker.

»Das kommt aus Carolines Zimmer«, rief Franziska und öffnete die Tür. Dicker weißer Qualm waberte ihnen entgegen. Hustend schloß Franziska die Tür. »Es brennt! Ruf die Feuerwehr!«

Cornelius machte die Tür wieder auf.

»Laß Wasser in die Wanne und wirf Handtücher hinein«, befahl er über seine Schulter hinweg. Franziska gehorchte mit zitternden Händen. Cornelius rollte sich den Kragen seines Pullovers vor Mund und Nase und drang in den stinkenden Qualm vor. Nirgendwo sah er eine offene Flamme, der Qualmherd war offensichtlich Carolines Bett. Matildas Rauchpyramide hatte das Mückennetz erhitzt. Dieses konnte aber nicht brennen, sondern nur schmelzen und erzeugte dabei diesen Qualm und Gestank. Aber gerade als Cornelius den Brandherd erreicht hatte, fing auch Carolines Bettwäsche Feuer.

»Schnell, Franziska, die Handtücher«, rief er, und Franziska warf ihm ihr gutes Strandtuch vor die Füße. Damit erstickte er mutig die frischen Flammen. Franziska schleppte andere nasse Handtücher herbei und löschte damit das Mückennetz – oder vielmehr das, was noch davon übrig war. Anschließend riß sie hustend das Fenster auf.

»Das war verdammt knapp«, sagte Cornelius und bückte sich unter das Bett. Es war ein schönes Holzbett aus gelaugter und geölter Kiefer. Von der Unterseite war es jetzt ziemlich schwarz. Cornelius nahm vorsichtig die immer noch qualmende Räucherpyramide in die Hand.

»Da ist der Übeltäter.«

Franziska knurrte böse. »Eine von Matildas verdammten Zaubereien. Ich werde ihr den Hals umdrehen, wenn sie nach Hause kommt. Das war das letzte Mal, daß sie mir den Abend verdorben hat!«

»Aber was haben Matildas Räucherstäbchen unter Carolines Bett verloren?«

»Das kann ich nur vermuten«, rätselte Franziska. »Aber sie sollten wohl bewirken, daß Matilda alle drei Typen für sich behalten kann. Sie ist ein Biest!«

»Caroline wird einen Schock bekommen, wenn sie das hier sieht«, meinte Cornelius. Das Zimmer sah in der Tat ziemlich verwüstet aus.

Franziska nickte. »Wir können das Bett frisch überziehen«, schlug sie vor. »Und dann versuchen wir, die verkohlten Betteile zu reinigen. Vielleicht sieht es dann nicht mehr ganz so schlimm aus!«

Cornelius schnupperte noch einmal. »Aber den Geruch kriegen wir niemals mehr raus! Arme Caroline!«

Arme Franziska! bedauerte Franziska sich selbst. So also sieht dein schöner romantischer Abend aus! Das passiert auf der großen weiten Welt immer nur dir!

Erst als Caroline die Wohnungstür aufschloß, fiel ihr ein, daß Franziska und Cornelius ja einen Abend für sich haben wollten. Für einen Moment war sie versucht, wieder zu gehen, aber hier draußen war Januar, und es war kalt. Also würde sie sich in ihr Zimmer schleichen und sich still verhalten. Aber als sie auf Zehenspitzen durch den Flur huschte, kam Franziska mit einer Schüssel Popcorn unter dem Arm aus der Küche.

»Du bist aber früh zurück«, sagte sie.

»Ich möchte nicht stören«, flüsterte Caroline und wollte in ihr Zimmer gehen.

»Oh, du störst mich nicht«, erwiderte Franziska. »Im Gegenteil. Ich könnte ein bißchen Gesellschaft vertragen. Möchtest du etwas von meinem Popcorn? Mir war so danach.«

»Wo ist Cornelius?«

»Oh, der ist wieder nach Hause gefahren. Er und ich hatten einen wunderbaren Abend. Zuerst ist die halbe Wohnung abgebrannt, und als wir dann alles wieder soweit in Ordnung gebracht und den Champagner geöffnet hatten, gerade als wir einander tief in die Augen schauten und ich zu den intimsten Geständnissen bereit war, rief Cornelius' Mutter an.«

»Ach herrje, du Ärmste«, sagte Caroline.

»Schlimm genug, daß Cornelius ihr meine Nummer gegeben hat«, bemerkte Franziska. »Angeblich ist ihr Waschmaschinenschlauch gerissen, und der Keller steht unter Wasser. Natürlich ist der brave Sohn gleich losgesaust, um seiner lieben Mama zu helfen. Ich hatte nicht mal mehr Zeit, mich mit ihm zu streiten. Das einzige, was ich tun konnte, war, mir einen Riesenberg Popcorn zu machen und das Telefonkabel aus der Wand zu ziehen, damit Cornelius nicht anrufen und mir das Ausmaß der Katastrophe schildern kann.«

»Ach herrje«, sagte Caroline wieder. »Und ich dachte, ich wäre der einzige Mensch auf der Welt, der Grund hätte, sich zu beklagen.«

»Vielleicht bist du das auch«, meinte Franziska. »Wenn du den Schauplatz der anderen Katastrophe besichtigt hast. Folge mir vorsichtig in dein Zimmer.«

»Ach herrje«, stöhnte Caroline, als sie die Überreste ihres Mückennetzes und das rauchgeschwärzte Bett sah. »Matilda, stimmt's?«

»Wer sonst! Wir haben so eine kleine Räucherpyramide unter dem Bett gefunden.«

»Was immer sie damit bezwecken wollte«, seufzte Caroline. »Besser geht es mir jedenfalls nicht.«

»Es klingt vielleicht egoistisch«, sagte Franziska, »aber ich bin froh, daß ich jemanden habe, dem es genauso mies geht wie mir. Es ist ein schreckliches Gefühl, immer an zweiter Stelle zu stehen. Bei Cornelius komme ich sogar erst an dritter Stelle. Zuerst die Arbeit und dann seine Mama.«

»Das stimmt doch gar nicht«, meinte Caroline und stopfte ihr Mückennetz in den Mülleimer. »Meiner Meinung nach traut Cornelius sich nicht, zuviel Theater um eure Trennung zu machen, weil du ihm in den letzten Monaten ständig vorgeworfen hast, zu sehr zu klammern. Und selbst jetzt läßt du dir nicht anmerken, wie sehr du ihn vermissen wirst.«

»So weit kommt es noch«, sagte Franziska empört. Sie sah auf die Uhr. »Was soll's? In zwei Tagen bin ich ihn sowieso für ein paar Monate los. Ich bin dafür, wir machen das Beste aus dem angefangenen

Abend. Im Fernsehen wiederholen sie heute *Casablanca*. Wir haben Popcorn und echten Champagner. Was will man eigentlich mehr? Der Film fängt in einer Viertelstunde an. Du bist gerade rechtzeitig gekommen.«

»Wo ist unsere Brandstifterin?«

»Sie ist mit dem Karstenaal unterwegs«, sagte Franziska. »Auf irgend so einer gräßlichen Technoparty. Vor fünf Uhr morgens kommt sie nicht zurück. Das ist auch gut so, sie heult immer so furchtbar bei diesem Film, und damit verdirbt sie mir jedesmal den herrlichen Schluß. Komm, wir machen es uns mit dem Popcorn in Matildas Bett gemütlich, und du erzählst mir von deinem Rendezvous mit Marc. Hat sein Hintern nicht gehalten, was seine Stimme versprach?«

»Doch, ich denke schon«, sagte Caroline. »Er ist echt hübsch. Ohne jede Einschränkung.«

»Aber?« fragte Franziska feinfühlig.

»Ich komme mir ganz schön dämlich vor«, seufzte Caroline. »Ich hatte mich total darauf versteift, daß Marc genau der Richtige für mich wäre, so sehr, daß ich mich sogar mit Matilda verkracht habe. Ich war so sauer auf sie, daß ich nicht weit davon entfernt war, sie nachts mit einem Kissen zu ersticken. Und das alles nur wegen eines Kerls. Wegen dieses Kerls.« Sie schlug mit der Faust gegen die blaugestrichene Flurwand. »Weißt du, was er gesagt hat? Ich meine, unter anderem?«

Franziska schüttelte den Kopf.

»Daß ein guter Deutscher nur in der Bundeswehr zu einem richtigen Mann geformt werden kann. Und daß Menschen, die Haustiere halten, Sodomisten seien und daß man das Essen eigentlich durch Pillen ersetzen sollte«, erwiderte Caroline aufgebracht. »Und dann hat er noch gesagt, daß Johnny Depp schwul sei.«

Franziska lachte, aber Caroline verzog nicht einmal die Mundwinkel. Daran erkannte Franziska die Tragweite des Problems und beschloß, alles Weitere auf später zu verschieben. Für ein Gespräch dieser Problemklasse mußte erst der richtige Rahmen geschaffen werden.

Erst als sie und Caroline auf Matildas Bett saßen, die Popcornschüssel zwischen sich, kam sie noch einmal auf das Thema zu sprechen. »Das klang eben nicht so, als sei Marc der Traummann, auf den du gewartet hast.«

»Vielleicht habe ich mich getäuscht«, sagte Caroline. »Oder ich habe zu naive Vorstellungen. Ich dachte, man fühlt es irgendwie, wenn man auf den Richtigen trifft. Irgendwie habe ich mir das anders vorgestellt. Daß eine innere Stimme sagt, ja, der ist es und sonst keiner.«

»Und diese Stimme hat heute abend nicht gesprochen, stimmt's?«

»Nein«, antwortete Caroline traurig.

»Hat sie überhaupt schon mal gesprochen?«

»Ja, kann sein«, sagte Caroline. »Aber da wollte ich nicht auf sie hören.«

Schweigend verfolgten sie das Tun von Ingrid Bergmann und Humphrey Bogart auf dem Bildschirm und aßen Franziskas Popcorn. Erst als Humphrey Bogart und der französische Offizier im Nebel verschwanden und dabei den berühmten Satz vom Beginn einer wunderbaren Freundschaft sprachen, fand auch Caroline ihre Simme wieder. »Franziska?«

»Hm?«

»Denkst du manchmal noch an unsere spiritistische Sitzung mit Amadeus?«

»Nein, eigentlich nicht«, erwiderte Franziska.

»Aber ich«, sagte Caroline ernst. »Ich weiß noch genau, daß Amadeus uns gewarnt hat. Freundschaft in Gefahr, das hat er gesagt, und jetzt glaube ich, daß er damit meine und Matildas Freundschaft gemeint hat. Durch diesen Marc ist irgendwie alles aus den Fugen geraten.«

»Möglich«, gab Franziska zu. »Aber Amadeus hat auch was von Tauschen gesagt, weißt du noch?«

»Ja«, sagte Caroline. »Tauscht, was besser paßt, ich hab's mir aufgeschrieben.« Sie stockte. »Oh, du meinst, damit könnte Marc gemeint sein?«

»Zum Tauschen gehören immer zwei«, konstatierte Franziska. »Vielleicht hat Matilda ja etwas, was du gern gegen Marc tauschen würdest.«

»Oh«, sagte Caroline wieder und wurde ein bißchen rot.

Franziska grinste. »Reden wir von was anderem. Von Cornelius' Party übermorgen zum Beispiel. Obwohl er ja eigentlich keine verdient hat. Ollie und Benedikt haben die ganzen Engtanzschnulzen von unseren Klassenfeten früher auf CD. Mit wem wirst du tanzen?«

»Das kommt ganz darauf an«, sagte Caroline.

»Ich verstehe«, sagte Franziska.

# 13.

Freitag morgen stürmte Franziska in aller Herrgottsfrühe in Matildas Zimmer und machte das Licht an. »Du hast uns gestern beinahe eingeäschert, weißt du das?« rief sie.

»Geh weg!« murmelte Matilda und zog sich die Decke über den Kopf.

Franziska war mit zwei Schritten bei ihr. »Das werde ich keineswegs tun«, sagte sie und zerrte ihr mit einem tückischen Ruck die Decke fort.

Frierend setzte Matilda sich auf. »Was willst du von mir, du Unhold?«

»Ein Unhold bist *du*«, sagte Franziska. »Deine bescheuerte Zauberpyramide hat gestern Carolines Mückennetz total verschmort und ihre halbe Bettwäsche versengt. Das Bett sieht auch nicht sonderlich attraktiv aus. Komm mit und sieh es dir an.«

Sie zerrte die widerstrebende Matilda nach nebenan. »Na, siehst du jetzt, was du angerichtet hast? Die Luft ist jetzt noch voll Kohlenmonoxyd. Caroline mußte die Nacht in meinem Bett schlafen.«

»Ich hab's doch nur gut gemeint«, jammerte Matilda. »Ich werde Caroline ein neues Mückennetz kaufen, und das mit dem Bett ist auch nur halb so schlimm. Wenn eine Überdecke darauf liegt, sieht man die angekokelten Teile nicht mehr. Und jetzt laß mich weiterschlafen. Ich bin erst um fünf Uhr im Bett gewesen. Vorher kannst du mir aber noch sagen, ob Caroline Gefallen an Marc gefunden hat oder nicht.«

»Eher nicht«, erwiderte Franziska. »Und ich wette, da hattest du auch deine Hände im Spiel.«

»Und wenn schon«, sagte Matilda und rollte sich zufrieden wieder unter ihr Plumeau.

Aber es war ihr keine Ruhe gegönnt. Kaum lag sie wieder im Bett, kam Franziska erneut zur Tür herein, machte das Licht an und schleuderte Matilda einen leeren Müllsack vors Bett. »Da kommt alles rein, was mit deiner Hexerei zu tun hat, diese verdammten braunen Papiertüten aus deinem Voodoo-Laden, deine blöden, selbstgemachten Wahrsagekarten und die ekelhaften Knochen, die angeblich die Zukunft voraussagen. Alles das verschwindet in diesem Sack. Dann wirst du ihn zubinden und in die Mülltonne befördern.«

»Das kann ich nicht einfach alles wegwerfen. Ich habe ein Vermögen dafür ausgegeben.« Ärgerlich erhob Matilda sich wieder.

Franziska tat, als habe sie nichts gehört. Erbarmungslos wie ein Roboter begann sie, die Gegenstände auf dem schwarzen Tisch zu entfernen.

»Hör auf damit!« zischte Matilda und griff nach ihrem Handgelenk. »Diese Tasse da hat nichts mit Zauberei zu tun, ich habe meinen Kaffee daraus getrunken, nichts weiter. Ich verstehe nicht, was du gegen Hexerei hast. Ich habe doch nur Gutes damit bewirkt. Wenn ich nichts getan hätte, wäre Caroline jetzt noch immer in Marc verliebt. Marc aber wäre in mich verliebt, genau wie Fabian. Und die arme Caroline würde wie stets in die Röhre gukken. Mit meinen Zauberkünsten aber ist es mir gelungen, das Problem elegant zu lösen: Ich liebe Marc, Marc liebt mich. Caroline liebt Fabian, Fabian liebt Caroline. Ist das nicht wunderbar?«

»Woher willst du das wissen?«

»Ganz einfach, Fabian hat es mir gestern abend am Telefon gesagt, bevor ich gegangen bin. Er meint, Caroline würde es mit ihm genauso gehen, aber ich solle ihr noch nichts davon verraten. Na, und was meinst du, wer überrascht war? Ich jedenfalls nicht, denn ich habe das Ganze schließlich bewirkt. Mit Kampfer und römischer Kamille, dem Pulver von Krokodilsaugen und . . .«

»Du hast überhaupt nichts damit bewirkt«, fauchte Franziska. »Außer Gestank und Feuer. Fabian hätte sich sowieso in Caroline verliebt und Caroline sich in Fabian. Und daß deine Zauberei nichts gebracht hat, liegt daran, daß du eben nicht hexen kannst. Du bist nichts als ein leichtgläubiger Dummkopf. Denn du glaubst tatsächlich, die Geister würden mit dir sprechen!« Sie stupste ein Wasserglas an, das auf dem Tisch stand. »So ein Glas bewegt sich ziemlich leicht, wenn man dagegen stößt«, fuhr sie fort. »Und dann kann man die seltsamsten Botschaften schreiben. Wenn man Glück hat, glauben einem die anderen. Sehr lustig!«

»*Du* warst das?« fragte Matilda ungläubig.

»Ja, ich«, erklärte Franziska unbeirrt und bat Amadeus und Heinz in Gedanken um Verzeihung.

»Oh, das kann ich nicht glauben!« rief Matilda.

»Du kannst es glauben oder nicht«, sagte Franziska. »In dieser Wohnung wird jedenfalls kein fauler Zauber mehr ausgeübt. All diese Sachen verschwinden bis heute nachmittag aus diesem Haus. Du hast Glück, es ist wieder Sperrmüll in der Nachbarschaft. Vielleicht findest du jemanden, der diesen grauenhaften Tisch aus dem Haus rollt und zu dem Gerümpel stellt, wohin er gehört. Und ich werde alle Streichhölzer und Feuerzeuge konfiszieren, bis du dir ein anderes Hobby zugelegt hast.«

Matilda betrachtete nachdenklich ihre Fingernägel. »Marc sagt, er glaube nicht an Geister. Ich tu's auch nicht, wenn ich es mir recht überlege.«

»Um so besser«, sagte Franziska und ging zur Tür.

»Ich habe damals übrigens gleich gewußt, daß du es warst, die das Glas geschoben hat«, rief Matilda ihr hinterher.

Franziska mußte lachen. »Das ist das Schöne an dir, Matilda. Du weißt, wenn du verloren hast.«

»Der Tisch stört mich schon lange«, fuhr Matilda fort. »Ich habe mir schon mehr als einmal den Hüftknochen daran gestoßen. Und er nimmt viel zuviel Platz weg. Könntest du mir nicht helfen, ihn die Treppe runterzutragen?«

»Keine Chance«, erklärte Franziska resolut. »Ich habe wirklich genug anderes zu tun.«

Das hatte sie in der Tat. Ollie und Benedikt wollten sich zwar um Musik und Getränke kümmern, ebenso darum, daß es zu vorgerückter Stunde keinen Ärger mit den anderen Hausbewohnern, sprich Herrn Kleinschmidt und Frau Wertheim, geben würde, aber die Essenszubereitung, die Dekoration und das Aufräumen der Wohnung blieben ganz allein an ihr hängen. Letzteres war allerdings nicht weiter zeitaufwendig, da Caroline in ihrem Putzwahn gestern für mehrere Wochen vorgearbeitet hatte. Lediglich Matilda, die tatsächlich ihre Hexensachen zu entsorgen schien, machte neue Unordnung. Mit Hilfe von ihrer Seite konnte man nicht rechnen, und Caroline hatte bis Nachmittag an der Uni zu tun.

Seufzend machte sich Franziska an die Arbeit. Sie hatte bis fünf fertig zu werden, weil Cornelius dann kam und sie ihn, damit er auch ja nichts merkte, irgendwohin lotsen und irgendwie beschäftigen mußte. In der Zwischenzeit würden die anderen den Rest erledigen, die Gäste empfangen und alle zusammen im Flur aufstellen und »Überraschung!« rufen, wenn sie mit Cornelius wieder in die Wohnung kam.

Und der würde sich hoffentlich freuen. Wehe, wenn nicht! Franziska zweifelte mittlerweile daran, daß diese Party so eine gute Idee war. So brachte sie sich und Cornelius um die letzte Gelegenheit, sich noch einmal auszusprechen und allein zu sein. Andererseits war das vielleicht auch ganz gut so. Sie hatte ab morgen vier Monate lang Zeit, um über sich und Cornelius nachzudenken.

Gegen Mittag – Franziska hatte gerade eine Riesenschüssel Vanillecreme zum Abkühlen auf die Fensterbank gestellt – kamen Ollie und Benedikt mit ihrer Musikanlage.

»Die Anlage ist installiert, die CDs liegen bereit, zwei Fässer Bier, Kästen mit Cola und Wasser und sieben Kisten mit billigem, aber leckerem Fuselwein sind noch bei Ollie im Kofferraum. Da ist mehr Platz, und es herrscht die gleiche Temperatur wie in unserem Kühlschrank. Der Hausmeister ist auch kein Thema mehr. Der liegt bereits abgefüllt auf seinem Sofa. Vor morgen wird der sich nicht mehr mucken. Kurz gesagt, alles ist in bester Ordnung, wir haben nur noch *ein* großes Problem«, sagte Benedikt. »Und das heißt Wertheim, ist garstig und hat eine Warze am Kinn.«

»Ich denke, ihr habt ihr eine Karte für den *Fliegenden Holländer* zugeschickt«, sagte Franziska.

»Klar«, ewiderte Benedikt. »Die hat sie bekommen. Ich weiß auch mit ziemlicher Sicherheit, daß sie hingehen wird, denn sie ist soeben vom Friseur gekommen. Ihr Haar hat wieder jenen Lilaschimmer, der zu ihren Polyacrylschlafzimmervorhängen paßt. Aber der *Fliegende Holländer* dauert nicht ewig, auch wenn es einem so vorkommt, wenn man zuhören muß. Die Alte ist spätestens um elf wieder hier. Und dann wird sie die Bullen anrufen, weil's so laut ist!«

»Woher weißt du, wie ihre Schlafzimmervorhänge aussehen?« wunderte sich Ollie.

»Das weiß ich nicht, das ahne ich nur«, antwortete Benedikt. »Es würde jedenfalls zu dem Kleidchen passen, das sie ihrem Telefon angezogen hat. Und das steht im Flur und sticht mir jedesmal ins Auge, wenn sie die Tür öffnet.«

»Igitt«, rief Franziska. »Ich kenne so was. Meine Oma hatte auch ein angezogenes Telefon.«

»Benedikt hat eine verwegene Idee«, erklärte ihr Ollie. »Er kennt nämlich das Geheimnis der Alten!«

»Ja«, flüsterte Benedikt. »Sie hat es mir verraten! Mich mag sie nämlich, im Gegensatz zu euch. Euch nennt sie immer jugendliche Rabauken.«

»Und was hat sie dir verraten?«

»Sie ist auf alle Notfälle vorbereitet. Sie gehört zu der Sorte Mensch, die sich überall bedroht fühlt. Nach ihrer Meinung sind die Menschen alle Taugenichtse und wollen ihr Geld und Leben rauben. Sogar in der eigenen Wohnung. Und deshalb hat Frau Wertheim nicht nur zwei Sicherheitsschlösser und einen Riegel an der Tür, sondern auch etwas ganz Raffiniertes. Sie hat ein Telefon mit Wahlwiederholungstaste. Und ratet mal, welches die letzte Nummer ist, die sie vor dem Schlafengehen wählt? Richtig, die der Polizei. Damit sie, wenn der böse, böse Einbrecher kommt, nur auf die Wahlwiederholungstaste drücken muß, um mit einem Wachtmeister zu sprechen.«

»Benedikt meinte, daß wir nur eine andere Nummer eingeben müssen, damit die Alte, wenn es ihr zu laut wird und sie uns bei den Bullen verpetzen will, ganz woanders anruft. Und zwar dort, wo ein Wachtmeister am Ende sitzt, der ihr endlich mal so richtig die Meinung geigt.«

»Und wer soll das sein?« fragte Franziska. »Wir können doch schlecht jemand abstellen, der den ganzen Abend am Telefon sitzt und auf Frau Wertheims Anruf wartet.«

»Das ist richtig«, meinte Benedikt. »Aber auch dafür habe ich schon eine Lösung. Mein guter Kumpel und Freund Jo liegt mit einer häßlichen Angina im Bett. Er langweilt sich und ist gerne bereit, sich den Rest des Abends mit ›Polizeirevier 324, Sie sprechen mit Wachtmeister Müller‹ zu melden. Außerdem kann er hervorragend Stimmen imitieren. Er kann also genausogut den Polizeipräsidenten mimen, wenn die Alte nicht spurt.«

»Das ist eine lustige Idee«, sagte Franziska. »Aber wie kommt ihr in die Wohnung?«

»Das ist ein Problem«, gab Benedikt zu. »Aber wir werden es lösen, noch ehe die Sonne untergeht.«

»Die ist heute gar nicht aufgegangen«, warf Matilda ein, die den letzten Satz mitbekommen hatte. »Seht euch doch mal diesen trüben Tag an. Tja, als ich noch eine Hexe war, konnte ich euch Sonnenschein zaubern, aber damit ist es jetzt ein für allemal vorbei.«

»Das freut mich zu hören«, sagte Ollie. »Ich fand deinen Hexentick echt lästig! Den Gestank, den so ein Kräutersäckchen von dir in meiner Manteltasche hinterlassen hat, krieg' ich im Leben nicht mehr raus.«

»Aber es hat dir unter Garantie Glück gebracht«, hielt Matilda entgegen. »Auch wenn ich jetzt nicht mehr daran glaube.«

In diesem Augenblick kam Sigmund, Carolines Schildkröte, durch die Küchentür spaziert. Er wirkte ein bißchen verstört, vermutlich weil Franziska ein paar ihrer Möbel in Carolines und sein Zimmer geschoben hatte, um mehr Platz zu haben. Als Benedikt den Schildkröterich sah, kam ihm eine Idee.

»Jetzt weiß ich, wie wir in die Wohnung der Wertheim kommen!« rief er und schnappte sich das strampelnde Panzertier. »Los, Ollie und du, Franziska, ihr müßt mit mir kommen. Wir klingeln bei der Alten, und ihr beide verwickelt sie in ein Gespräch. Währenddessen lasse ich Sigmund in die Wohnung, und beim Herausholen wähle ich Jos Nummer, und die Sache ist geritzt.«

Ollie und Franziska folgten ihm die Treppe hinunter. Matilda wartete, bis sie unten waren. Dann rannte sie zum Telefon und wählte Karstens Nummer. Schließlich war Fabian jetzt an Caroline vergeben, und mit Marc allein würde es auf Dauer ziemlich langweilig werden. Außerdem hat ein wenig Eifersucht noch keiner Beziehung geschadet! Dachte Matilda.

»Drei Männer sind *möglicherweise* einer zuviel«, murmelte sie. »Aber zwei sind gerade richtig. – Oh, hi, Karsten, hier ist Matilda. Hast du heute abend schon was vor? Bei uns hier läuft 'ne Fete. Wenn du Lust hast, kannst du ja mal vorbeikommen.«

Ein Stockwerk tiefer öffnete Frau Wertheim im ungewohnten Outfit die Tür. Normalerweise trug sie einen Haushaltskittel, Gesundheitsschuhe und Lockenwickler, die sie unter einem Haarnetz versteckte. Heute war sie wohlfrisiert und trug ein langes Kleid aus dem gleichen Stoff, von dem Benedikt vermutet hatte, daß er ihre Schlafzimmerfenster zierte. Dazu eine dicke Perlenkette um den Hals und Schuhe mit hohen Absätzen. Sie war kaum wiederzuerkennen. Aber ihre Stimme war immer noch die alte.

»Was wollt ihr?« fauchte sie unfreundlich.

Benedikt setzte Sigmund vorsichtig auf dem Boden ab und dirigierte ihn mit seinen Füßen sanft in Frau Wertheims Richtung. Ollie und Franziska sagten höflich guten Abend.

»Sie sehen aber schick aus«, fügte Ollie hinzu. »Haben sie etwas Besonderes vor?«

»Ich gehe in die Oper«, verkündete Frau Wertheim stolz. »Heute abend. Mit einem Verehrer.«

»Nun«, sagte Franziska, »dann wird es Sie vielleicht nicht stören, wenn wir heute abend ein bißchen lauter sind als gewöhnlich. Wir feiern eine Abschiedsparty für meinen Freund. Und da wollten wir Sie bitten, ein bißchen Verständnis für laute Musik und Schritte über Ihnen zu haben.«

»Ein *bißchen* lauter als sonst?« Frau Wertheim kniff vorübergehend die Lippen zusammen. »Das bedeutet, daß ich selbst mit Ohrenstöpseln nicht schlafen werde. Ich glaube, ihr jungen Leute macht euch keine Vorstellung davon, was für eine Qual eure grauenhafte Musik oder das, was ihr Musik nennt, für die verwöhnten Ohren unserer Generation darstellt.«

»Äh, nein«, seufzte Ollie. Sigmund hatte die Schwelle überschritten und verschwand hinter dem lila Polyacrylkleid.

»Oh, unsere Schildkröte ist in Ihre Wohnung gelaufen«, unterbrach Benedikt das Thema. »Dürfte ich sie vielleicht wieder herausholen?«

»Ich bitte darum, junger Mann. Schildkröten sind keine Haustiere. Und das Halten exotischer Tiere ist nach Paragraph siebzehn der Hausordnung ohnehin untersagt. Wer weiß, was diese Viecher für ausländische Bazillen mit sich herumschleppen. Ich werde meine Wohnung desinfizieren müssen.«

Benedikt verschwand ebenfalls hinter ihrem lilafarbenen Kleid.

»Ähm, um noch einmal auf die Feier heute abend zurückzukommen«, sagte Franziska »Wäre es nicht möglich, daß Sie mal ein Auge zudrücken? So schrecklich ist die Musik nun auch wieder nicht. Sie können auch zu uns hinaufkommen und mitfeiern. Es sind genügend junge Männer zum Tanzen da.«

Benedikt kam mit Sigmund unterm Arm aus der Wohnung. »Alles klar«, sagte er grinsend. »Ja, kommen Sie doch, Frau Wertheim, in dem Fummel stechen Sie alle anderen aus.«

»Ich weiß nicht, was die euch heutzutage auf den Schulen beibringen, ein Gefühl für gute Musik jedenfalls nicht. Ich kann mir nicht vorstellen, wie man zu diesem Krach auch noch tanzen soll«, sagte die Alte. »Ich bin gegen elf wieder zu Hause, und dann möchte ich hier der Hausordnung entsprechend Ruhe haben. Wenn ich auch nur einen störenden Laut vernehme, rufe ich die Polizei.« Und damit schloß sie die Tür.

»Hast du's geschafft?« fragte Ollie.

»Ja. Ich hoffe bloß, ich habe in der Eile nicht die falsche Nummer gewählt«, antwortete Benedikt. »Wißt ihr, woran ich eben noch gedacht habe? Wenn die Alte aus dem *Fliegenden Holländer* kommt, müßte sie eigentlich für Wochen taub sein. Das ist eine einzige Qual für das Trommelfell.«

»Die wird nicht taub«, widersprach Franziska. »Nicht, wenn es darum geht, uns den Spaß zu verderben. Sag deinem Freund Jo, er soll sie tüchtig rannehmen, auch wenn sie dadurch den Glauben an unseren Staat verliert.«

# 14.

Das letzte Seminar an diesem Tag ging über das Thema Magersucht. Eine Kommilitonin hielt ein Referat über eine Fallstudie, in der die magersüchtige Patientin minuziös aufzählte, mit welchen Gerichten sie ihre Familie bekochte, von denen sie selber nicht mal eine Fingerspitze voll probierte. Caroline wurde beim Zuhören immer hungriger. Wenn sie sich beeilte, konnte sie um drei zu Hause sein und Franziska beim Büfett helfen. Sie würde absprachegemäß die kleinen Hackbällchen zubereiten und dabei solche, die vielleicht nicht ganz perfekt geformt waren, in ihrem eigenen Mund verschwinden lassen. Caroline fürchtete sich ein bißchen vor dem Abend. Fabian würde da sein, und Marc auch. Letzterer hatte vermutlich nicht verstanden, daß sie nicht an ihm interessiert war, und Fabian nicht, daß sie es war. Das konnte man ihm allerdings nicht vorwerfen. Schließlich hatte sie ja ununterbrochen von Marc und seiner tollen Stimme geschwärmt. Und außerdem gab es ja immer noch Matilda. Ganz gleich, wie viele Männer heute abend anwesend waren, Matilda würde dafür sorgen, daß sie alle nur Augen für sie hatten.

Caroline seufzte.

»Du hast es doch gleich überstanden«, meinte Peggy neben ihr. »In einer Minute ist Schluß.«

Erleichtert packte Caroline ihre Sachen zusammen.

Sie hatte in dieser Stunde ohnehin nichts mitgeschrieben. Kaum hatte die Kommilitonin das Referat beendet, klopfte sie kurz mit dem Fingerknöchel auf die Tischplatte und strebte dem Ausgang zu. »Tschö, Peggy, ich muß mich beeilen. Wir sehen uns heute abend. Spätestens um acht.«

»Tschüs«, sagte Peggy. Sie hätte gerne noch die Kleiderfrage erörtert. Trug man zu einer Abschiedsparty am besten Schwarz? Oder durfte es auch etwas Fröhliches sein?

Als sie eine Minute nach Caroline in den Flur hinaustrat, sah sie diese im Gespräch mit Fabian, dem gutaussehenden Freund von Matilda. Zwischen den beiden prangte ein riesenhafter Rosenstrauß mit lachsfarbenen Blüten.

»Was – was machst du denn hier?« stotterte Caroline.

»Ich will dich abholen«, erwiderte Fabian.

Peggy grinste. Franziska würde wohl heute nachmittag ohne Carolines Hilfe auskommen müssen, so wie das aussah. Es sei denn . . . Sie sah auf die Uhr. Was sollte es, an diesem Nachmittag hatte sie sowieso nichts Besonderes vor. Da konnte sie genausogut Carolines Aufgaben übernehmen und Franziska zur Seite stehen. Wozu hat man schließlich Freunde? Unauffällig schlich sie sich an den beiden vorbei.

»Komm«, sagte Fabian und griff nach Carolines Hand.

»Nein«, blieb Caroline stur. »Erst möchte ich wissen, was das hier soll?«

»Keine überflüssigen Worte, Caroline, weißt du noch? Schweigend durch den Regen laufen, Hand in Hand, direkt in den Fond einer alten Limousine mit Trittbrett, die uns zu einem Landhaus fährt, in dem bereits ein Kaminfeuer flackert. Und auf dem Sims sitzt ein dicker goldener Engel.«

»Oh«, machte Caroline. »Du meinst . . .?«

Fabian lachte. »Draußen regnet es in Strömen, deshalb muß es heute passieren.«

Hand in Hand stiegen sie die Treppe hinab.

»Möchtest du denn gar nicht wissen, was gestern mit Marc war?« fragte Caroline.

»Ich weiß, was mit Marc ist«, erwiderte Fabian. »Er war von Anfang an so etwas wie ein Phantom, weiter nichts. Ich wußte schon seit unserem ersten Schachspiel, daß wir beide füreinander geschaffen sind.«

»Und Matilda?«

»Ach, Matilda«, seufzte Fabian. »Wer kann die schon ernst nehmen? Vergiß sie einfach mal für ein paar Stunden. Jetzt laufen wir durch den Regen, gib mir deinen Rucksack. Ich bin die Strecke abgegangen. Weit und breit kein einziger Hundehaufen.«

Caroline mußte lachen. Fabian war ja so süß! Hand in Hand liefen sie über den Albertus-Magnus-Platz. Fabian hatte für seinen roten Kombi einen der raren Parkplätze in der Wendeschleife ergattert.

Schwungvoll öffnete er die Beifahrertür für Caroline. »Ich habe es nicht geschafft, ihm Trittbretter anzuschweißen. Und einen Fahrer konnte ich auch nicht mehr auftreiben in der Eile. Aber ich habe deine Tom-Waits-CD auf Kassette überspielt.«

Caroline ließ sich auf den Sitz gleiten. »Fahren wir jetzt zu einem Landhaus?«

»Ja«, antwortete Fabian und stieg auf der anderen Seite ein. »Es ist ein kleines, bescheidenes Landhaus, aber sehr stilvoll. Und das schönste ist, es liegt mitten in der Stadt.«

Tom Waits rauhe Stimme erklang, und Caroline lehnte sich glücklich zurück. Fabian steuerte den Wagen einhändig, damit er mit der anderen Hand die ihre halten konnte.

»Guck mal im Handschuhfach nach!«

Caroline fand eine kleine Schachtel mit einer dicken Schleife drumherum. »Für mich?«

»Für wen sonst! Mach schon auf!«

»Oh«, rief Caroline verzückt. »Ein Ring mit einem blauen Stein!«

»Lapislazuli«, sagte Fabian.

»Er ist wunderschön! Die Rosen sind wunderschön! Du bist wunderschön. Das alles ist wunderschön.«

Fabian parkte vor seiner Wohnung. »Komm«, forderte er sie auf.

»Warte noch!« bat Caroline. »Erst will ich dir was sagen!«

»Ich weiß, es ist dein erstes Mal!«

»Nein, das meinte ich nicht. Es ist – du sollst nicht denken, daß ich es nur tue, weil du all die tollen Sachen für mich inszeniert hast.«

Fabian stieg aus. »Das denke ich nicht«, bemerkte er nebenbei.

Caroline stieg neben ihm die Treppe hinauf. »Ich mochte dich vorher auch schon. Aber ich war irgendwie verblendet. Verhext.«

»Das will ich hoffen.« Fabian schloß die Wohnungstür auf. Er hatte ein kleines Apartment im amerikanischen Stil. Man stand gleich im Wohnzimmer. »Hey, Caroline, ich mach' das doch nicht, damit ich dich ins Bett kriege. Ich mach' das, damit du siehst, wie ernst es mir mit dir ist.«

Caroline sah ihn gerührt an. Dann erst bemerkte sie den Kamin. Er war riesengroß, mit einer halbrunden Öffnung, von schweren Bruchsteinen eingerahmt, der Abzug weiß verputzt. Er stand an einer freien Wand. Es sah aus, als habe Fabian seinen Schrank zur Seite geschoben, um Platz für den Kamin zu schaffen. Caroline lächelte. Das Ungetüm war aus Pappe, die Steine, sogar das flackernde Feuer waren etwas dilettantisch aufgemalt, und auf dem Sims hockte tatsächlich ein dicker goldener Engel, ein breites Grinsen auf dem feisten Gesicht.

Vor dem Pappkamin stand ein Sofa, üppig mit rotem Samt dapiert. Es war perfekt.

»Wahnsinn«, flüsterte sie. »Es ist alles genau, wie ich es dir beschrieben habe.«

»Der Kamin ist von der Schulaufführung meiner kleinen Schwester. Sie haben *Die Geister, die ich rief* gespielt. Weil er aus Pappe ist, kann man leider kein Feuer darin machen. Aber ich habe die Heizung hochgedreht.«

»Es ist toll! Und das Sofa erst! Dunkelroter Samt!«

»In echt ist es aus schwarzem Leder«, verriet Fabian. »Ich mußte sieben Meter Stoff kaufen, damit man nichts mehr davon sieht. Ich habe es mit Sicherheitsnadeln festgesteckt, sieht nicht mal schlecht aus. Aber für immer möchte ich es nicht so lassen. Du kannst nicht zufällig sieben Meter Samt für ein Kleid gebrauchen?«

»Für ein langes Abendkleid?« fragte Caroline zurück. »Und einen Mantel? Du bist total verrückt! Wo hast du den Engel her?«

»Die scheinen gerade modern zu sein«, sagte Fabian. »Es gibt sie in jedem Deko-Laden, in allen Größen. Den habe ich genommen, weil er so verschmitzt grinst. Ich schenk' ihn dir. Aber machen wir nicht viel zu viele Worte? Wir hätten längst stumm aufs Sofa sinken müssen!«

Caroline küßte ihn auf die Lippen. Eine Weile küßten sie sich im Stehen, aber schließlich fielen sie tatsächlich auf das Sofa hinab.

»Ich liebe dich«, hauchte Caroline. »Das ist alles so wunderschön! Ich werde es sicher niemals vergessen. Aber wir müssen du-weißt-schon-was auf später verschieben. Ich hätte schon vor einer Stunde zu Hause sein müssen. Franziska muß sonst die ganze Arbeit ohne mich machen.«

»Wir fahren zusammen hin. Zu zweit schaffen wir, was du versäumt hast, in der halben Zeit. Aber vorher mußt du noch etwas sehen. Ich wollte es dir zwar erst zeigen, kurz bevor dir die Sinne schwinden, aber so ist es sicher auch lustig.« Er zog an einer Kordel, die auf dem Boden neben dem Sofa lag, quer durch den Raum bis zum Fenster führte und von dort zwischen dem Rahmen nach draußen an die Hauswand.

»Es schneit!« rief Caroline. »Oh, es schneit wirklich! Daunenfedern und – oh, echte Sterne! Wie hast du das gemacht?«

»Ich habe einen Bettüberzug voller Federn und Goldpapiersternchen oberhalb des Fensters auf ein Brett gebunden. Und dieses Brett kann ich mit Hilfe der Schnur kippen. Dann schneit es! Allerdings nur so lange, bis der Bettüberzug leer ist. Das System ist noch nicht ausgereift. Und ich hoffe, die Leute auf dem Bürgersteig beschweren sich nicht!«

»Du bist ja so was von süß«, seufzte Caroline und

nahm den Engel vom Sims. »Ich verspüre wirklich dieses Gefühl, von dem ich gesprochen habe. Meinst du, es hält ein paar Tage an?«

»Dafür werde ich schon sorgen«, versprach Fabian.

# 15.

»Servietten, Gläser, ein Faß Bier ist in der Badewanne, alles Zerbrechliche aus dem Weg, die Lampen hochgebunden, Hackbällchen, Salate, die ekelhafte Torte, alles fertig«, sagte Franziska nervös. »Ihr habt mir wirklich sehr geholfen.«

»Kein Problem«, erwiderten Caroline, Fabian, Matilda und Peggy wie aus einem Mund.

»Jetzt muß ich mich aber beeilen«, sagte Franziska. »Ich hole Cornelius ab und muß ihn dann bis acht hinhalten. Bei all dem Streß hatte ich keine Zeit, darüber nachzudenken, wie! Vielleicht gehe ich einfach mit ihm durch den Park.«

»Es regnet«, gab Peggy zu bedenken. »Ich würde mir an deiner Stelle etwas anderes überlegen. Ich muß jetzt aber auch gehen, ich bin noch nicht umgezogen.«

»Ich muß auch noch mal weg«, fügte Matilda hinzu. »Ich treffe mich mit – ähm – einem Typ.«

»Mit Marc?« fragte Caroline. »Es stört mich nicht, wenn du das denkst. Er ist einfach nicht mein Typ. Und ehrlich gesagt, verstehe ich nicht, wie er dir gefallen kann.«

»Na ja«, sagte Matilda friedfertig. »Geschmäcker sind eben verschieden. Und ich hätte deinetwegen auf ihn verzichtet, ehrlich.«

»Das brauchst du ja nun Gott sei Dank nicht«, meinte Caroline und sah Fabian verliebt an. »Geht ihr ruhig! Fabian und ich machen den Rest, die Tomaten mit Mozarella und die anderen Vorspeisen.«

Franziska verschwand mit einem dankbaren Lächeln in ihrem Zimmer, Peggy und Matilda durch die Wohnungstür. Fünf Minuten später waren Fabian und Caroline allein in der Wohnung. Die Vorspeisenteller waren schnell fertig dekoriert.

»Alles fertig«, verkündete Caroline stolz. »Wir sind ein gutes Team.«

»Ja«, pflichtete Fabian bei.

»Jetz müssen wir nur noch den Badezimmerteppich aus Franziskas Zimmer holen. Sie hat ihn zur Feier des Tages gewaschen. Hoffentlich ist er trocken geworden.«

Gemeinsam schleppten sie den Flauschteppich ins Badezimmer zurück.

»Das wäre auch geschafft«, sagte Fabian. »Und was machen wir jetzt?«

»Küß mich«, schlug Caroline vor, und das ließ er sich nicht zweimal sagen. Er küßte sie sehr gründlich.

»Sag mal, hast du eigentlich Kondome dabei?« flüsterte sie nach einer Weile.

Fabian zuckte zusammen. »Nein, hab' ich nicht«, erwiderte er dann. »Rein zufällig.«

»Dann holen wir uns welche aus Matildas Zimmer. Sie hat sie in einer Porzellandose auf ihrem Klavier.«

»Bist du denn sicher, daß du es jetzt willst? Und hier? Die anderen können jeden Augenblick zurückkommen.«

»Ja, ich bin ganz sicher. Hier, auf diesem flauschigen Badezimmerteppich. Er kommt frisch aus der Waschmaschine!« Caroline ließ sich einfach auf den Boden fallen.

»Ich hole die Kondome«, sagte Fabian.

»Ich habe aber keine Ahnung, wie man sie benutzt«, bemerkte Caroline. »Matilda wollte es mir an einer Banane zeigen, aber sie hatte noch keine Zeit dazu.«

Fabian lachte. »Ich kann das schon selber. Aber sollten wir nicht lieber in dein Bett gehen?«

»Nein«, erwiderte Caroline entschlossen. »Ich will es hier tun. Genau hier.«

»Dann warte eine Sekunde. Ich bin gleich wieder hier.«

Caroline sah auf ihre Uhr, bevor sie sie abstreifte. Zwanzig nach sieben. Sie mußte wirklich verrückt geworden sein! Aber es war ihr völlig gleichgültig!

»Hier bin ich wieder«, sagte Fabian. Er hatte außerdem den dicken grinsenden Engel dabei. »Sieh mal, wenn sonst schon alles anders ist, als in deinem Film. Wir setzen das Dickerchen auf den Wannenrand, damit wenigstens ein Detail stimmt.«

»Es stimmt nicht nur ein Detail«, widersprach Caroline. »Das Wichtigste ist jedenfalls da: dieser Kick, auf den ich seit Jahren warte!«

Fabian setzte sich neben sie auf den Teppich. »Es war gar nicht leicht, ein Kondom auszuwählen. Matilda hat welche, die im Dunklen leuchten, und schwarze mit Noppen und sogar eines mit einem Weihnachtsmannbild drauf. Ich habe dieses genommen, es sieht harmlos aus, und man kann nur hoffen, daß es bei Stiftung Warentest mit sehr gut abgeschnitten hat.«

»Das nächste Mal nehmen wir das mit den Noppen«, flüsterte Caroline noch, und dann schwanden ihr tatsächlich die Sinne. Das letzte, was sie sah, war das breite Grinsen des Engels auf dem Sims.

Vor der Wohnungstür blieb Franziska noch einmal stehen und sah zu Cornelius auf.

»Ich will dich wirklich nicht drängen«, sagte er. »Aber nach dieser stundenlangen ziel- und zwecklosen Wanderung durch den Park, zu der du mich gezwungen hast, ist mir jetzt sehr nach einem Ort zumute, der beheizt ist und an dem es vielleicht sogar etwas zu trinken gibt. Etwas Heißes.«

»Sofort«, sagte Franziska. »Sofort! Aber vorher muß ich dir noch etwas sagen.«

»Falls es um meine Mutter geht, möchte ich es nicht hören«, erwiderte Cornelius. »Sag mal, aus eurer Wohnung dringen merkwürdige Geräusche! Sind Caroline und Matilda am Ende doch zu Hause?«

»Nein, es geht um uns«, erklärte Franziska. »Seit ich weiß, daß du nach England gehst, warte ich auf etwas.«

»Ach«, sagte Cornelius unsicher.

»Ja. Ich warte darauf, warte und warte. Und weil es nicht geschieht, werde ich immer wütender auf dich. Wir zanken uns und machen uns deine letzten Tage in Deutschland zur Hölle. Daran bist du nicht ganz unschuldig.«

»Ich weiß«, seufzte Cornelius. »Aber worauf hast du denn nun gewartet?«

»Auf etwas ganz Simples«, antwortete Franziska und hatte auf einmal einen Kloß im Hals. »Ich habe darauf gewartet, daß du sagen würdest, wie ungern du gehst. Daß du mich vermissen wirst und daß du mich liebst.«

»Und das soll ich *nicht* gesagt haben?« Cornelius sah sie ganz entsetzt an.

»Nein«, sagte Franziska, und jetzt lief ihr eine Träne die Wange hinab. »Kein einziges Mal.«

»Aber Franziska!« rief Cornelius erschrocken. »Ich dachte, du wüßtest das. Daß ich dich mehr als alles auf dieser Welt liebe. Und daß ich dich vermissen werde, jeden Tag, den ich in diesem verfluchten Industrienest verbringen werde! Was denkst denn du? Ich fahre schließlich nicht nach Barbados, sondern in eine stinkende Industriestadt, in der die Menschen Fish und Chips essen und Prinz Charles für einen gutaussehenden Mann halten. Du wirst mir so sehr fehlen, wie ein Mensch einem nur fehlen kann.«

»Wirklich?« schluchzte Franziska.

»Aber natürlich! Es tut mir leid, daß du nichts davon bemerkt hast. Manchmal bin ich wirklich ziemlich unsensibel.«

»Hätte ich das früher gewußt«, sagte Franziska und wischte sich die Tränen aus dem Gesicht. »Dann hätten wir ein paar nette Tage hinter uns.«

»Aber eine Nacht haben wir noch vor uns«, meinte Cornelius. »Und die gehört nur dir und mir!«

Seufzend schloß Franziska die Tür auf. »Nicht ganz«, erwiderte sie. »So leid es mir tut.«

Cornelius trat hinter ihr in den dunklen Flur.

»Überraschuuuuung!« schallte es vielstimmig von allen Seiten, und ohrenbetäubende Musik setzte ein. Als das Licht anging, sah Cornelius sich beeindruckt um.

Er grinste breit. »Na, wer hätte das gedacht! Alle meine Freunde sind gekommen, um zu verhindern, daß Franziska und ich miteinander allein sind. Aber das macht nichts, denn ich habe ein Geschenk für sie.«

»Guck dir erst mal die Torte an, die wir gebacken haben«, rief Caroline. »Es ist eine echt englische Torte, vollkommen ungenießbar.«

»Und du mußt meinen Hut angucken, damit ich ihn endlich ausziehen kann«, forderte Peggy sie auf. »Es ist nähmlich ein Hut von der Sorte, wie sie nur Queen Mum steht.«

»Die Musik kann den ganzen Abend so laut bleiben«, informierte ihn Benedikt von der anderen Seite. »Denn wir haben den Kleinschmidt und die Wertheim sozusagen chloroformiert.«

»Und das hier ist Marc«, sagte Matilda. »Er kann sogar Italienisch.«

»Hallo, Marc«, begrüßte ihn Cornelius. »Du siehst ja überhaupt nicht aus wie ein Aal.«

»Das ist auch nicht der Aal«, klärte Franziska ihn auf. »Der ist heute abend nicht eingeladen.«

»Doch«, sagte Matilda. »Aber er kommt später.«

»Ich will mein Geschenk«, verlangte Franziska ungeduldig.

Cornelius holte einen Umschlag aus seiner Mantelinnentasche. »Es ist ein Flugticket«, sagte er. »Für den vierzehnten Februar.«

»Der Tag, an dem meine Semesterferien beginnen«, freute sich Franziska.

»Genau! Außerdem ist Valentinstag. Ich hole dich in Heathrow ab, und wir machen uns ein schönes Wochenende in London. Und das wird sicher nicht das einzige Mal sein, daß wir uns sehen, ich versprech's.«

»Ich liebe dich«, rief Franziska spontan.

»Ich dich auch«, sagte Caroline zu Fabian. »Und ich bin froh, daß du nirgendwohin mußt.«

Fabian küßte sie auf den Nacken. »Keiner hat was gemerkt«, sagte er. »Aber erinnere mich daran, daß ich diese Kondomdose von Matilda aus dem Badezimmer hole, ehe jemand anders sie sich unter den Nagel reißt.«

Caroline kicherte. »Das war ganz schön knapp, vorhin! Ich hätte nicht gedacht, daß ich mich so schnell anziehen kann.«

»Na ja, besonders romantisch war das nicht. Bist du jetzt enttäuscht?«

»Nein.« Caroline schüttelte den Kopf. »Ich hätte nur nicht gedacht, daß es so unkompliziert sein könnte. Und so völlig aus dem Nichts.«

»Und kein Kaminfeuer, keine Schneesterne weit und breit«, sagte Fabian. »Trotzdem war es wunderschön. *Du* bist wunderschön!«

»Sehe ich jetzt anders aus?«

Fabian betrachtete sie gründlich. »Nein«, sagte er. »Eigentlich nicht.«